Dans les bras du prince de Santara

MICHELLE CONDER

Dans les bras du prince de Santara

Traduction française de

ANNE DE RIVIÈRE-DUGUET

AZUR

HARLEQUIN

Collection : Azur

Titre original :
THEIR ROYAL WEDDING BARGAIN

HARPERCOLLINS FRANCE
83-85, boulevard Vincent-Auriol, 75646 PARIS CEDEX 13
Service Lectrices — Tél. : 01 45 82 47 47

www.harlequin.fr

ISBN 978-2-2804-4075-2 — ISSN 0993-4448

1.

Cette soirée allait être un désastre, Alexa le *sentait*.

Le bal annuel de bienfaisance pour enfants de Santara, une des soirées les plus prestigieuses du calendrier international, allait débuter dans moins d'une heure et cette pensée la rendait malade d'angoisse.

— Il est là, Votre Altesse, murmura Nasrin, qui était à la fois son assistante personnelle et sa confidente.

Fermant la porte derrière elle, celle-ci vint vers Alexa. Puis, saisissant la brosse à cheveux sur la coiffeuse, elle prit une mèche de la longue chevelure noire d'Alexa et croisa son regard dans le miroir.

— Je n'arrive pas à croire que vous allez vraiment faire ça.

Alexa non plus. Soudain nauséeuse, elle eut peur de ne jamais digérer le sandwich au fromage qu'elle avait avalé en guise de déjeuner.

Il était là. Il était vraiment là.

Le prince Rafaele de Santara, le frère cadet du roi, était arrivé. Selon certaines rumeurs, sa présence n'était pas certaine, compte tenu du scandale qu'il avait créé l'année précédente. Mais rien n'empêchait apparemment le prince rebelle de faire les choses comme il l'entendait – trait de caractère qui lui servirait peut-être dans la soirée et qu'elle aurait donc dû considérer comme positif. Étant pour sa part respectueuse de l'ordre établi, elle trouvait cela difficile, et cela confortait ses doutes.

Comment allait-elle faire ? Comment allait-elle demander au prince de l'épouser ? Parce que c'était ce qu'elle comptait faire. Elle n'avait pas le choix, si elle voulait calmer son père.

Deux semaines auparavant, quand elle avait compris que son père voulait la voir mariée au plus vite, Nasrin et elle avaient eu l'idée d'un mariage blanc – ou plutôt de fausses fiançailles car, comme elle comptait l'expliquer au prince, elle n'avait aucune intention d'aller au bout de cette mascarade. Elle avait bien sûr tenté d'argumenter avec son père, de lui dire qu'elle n'était pas prête et qu'elle avait besoin de plus de temps, mais il s'était montré inébranlable. Elle était la princesse du Bérénia et désormais sa seule héritière, il ne se reposerait pas tant que sa fille ne serait pas mariée.

Le soir où il lui avait annoncé sa décision irrévocable, Nasrin et elle avaient bu un verre de sauternes et visionné une comédie romantique pour se remonter le moral. Selon Nasrin, l'acteur principal ressemblait beaucoup au prince de Santara, avec son côté mauvais garçon et son physique de rêve. C'était à ce moment-là que l'idée avait surgi. Dans le film, le héros ne voulait au départ pas épouser l'héroïne, mais l'amour finissait par triompher. Alexa savait d'expérience que cela se terminait rarement ainsi, mais ce n'était heureusement pas de l'amour qu'elle attendait du prince.

— Tout se passera bien. Il fera ce que vous lui demandez, dit tout bas Nasrin, notant la panique dans le regard d'Alexa. Vous aurez tout ce que votre cœur peut désirer.

Tout ce que son cœur pouvait désirer ?

Ce qu'elle désirait le plus était qu'on lui laisse le temps de trouver l'homme de sa vie, et que son grand frère soit encore en vie. Sol, le véritable héritier de la couronne, était mort trois ans plus tôt dans des circonstances tragiques, et la fonction lui était revenue. Elle n'était pas à la hauteur, en tout cas pas encore, et, au plus profond d'elle-même, elle se demandait si son père ne pensait pas la même chose, surtout après sa sérieuse erreur de jugement à l'âge de dix-sept ans. Peut-être était-ce une des raisons pour lesquelles il insistait pour qu'elle se marie au plus vite.

Pour cela, et aussi pour effacer la honte qui planait toujours au-dessus d'elle après que le roi de Santara avait brutalement mis fin à leurs fiançailles l'année précédente. L'encre n'avait pas encore séché sur leur contrat de mariage qu'il s'était désisté pour épouser une autre femme – une étrangère. Son geste avait attisé une animosité vieille de plusieurs siècles entre leurs deux nations et offert au FLB, le Front de libération du Bérénia, le prétexte qu'il attendait pour reprendre les hostilités avec Santara.

Certes, son union arrangée avec le monarque de Santara n'aurait rien eu d'un mariage d'amour, mais son rejet l'avait néanmoins blessée car elle avait toujours *apprécié* l'homme. Elle avait même un moment développé une sorte de passion pour lui après qu'il l'avait tirée d'une situation embarrassante. À peine âgée de treize ans à l'époque, elle était si nerveuse lors de sa première fonction officielle qu'elle avait accidentellement renversé une carafe de jus de canneberge sur sa jolie robe de tulle blanc. Pétrifiée, elle avait regardé le liquide rouge et poisseux imbiber sa robe. Mais aussitôt, le jeune roi de Santara s'était approché d'elle et, lui murmurant des paroles de réconfort, l'avait drapée dans sa veste.

Mortifiée, Alexa avait enfoui son visage en feu contre son torse et l'avait laissé l'entraîner discrètement hors de la pièce, puis il avait ordonné à une servante d'aller chercher sa dame de compagnie, et était retourné se fondre dans la foule des invités. Alexa n'avait pas bu de jus de canneberge depuis cet épisode fâcheux, pas plus qu'elle n'avait oublié la gentillesse du roi. En grandissant, elle avait vu en lui la quintessence de l'homme idéal : gentil, loyal, compatissant et fort.

Son frère, en revanche, ne pouvait être plus différent. Play-boy invétéré, le prince Rafaele passait allègrement des bras d'une jolie blonde à une autre, aussi facilement que s'il choisissait une nouvelle cravate.

— C'est une bonne idée, de nouer vos cheveux en chignon, dit Nasrin en mettant la dernière tresse d'Alexa en place. Cela met le dos de votre robe en valeur.

— Ce n'est pas trop suggestif ? demanda Alexa, inquiète, en se tordant sur le tabouret pour voir par elle-même.

Elle avait opté pour une robe moulante couleur chair dans

le but d'attirer l'attention, mais elle n'était pas habituée aux tenues aussi provocantes.

— Pas du tout. C'est parfait.

Alexa fixa son reflet dans le miroir. Ce qui serait *parfait*, ce serait que la tâche qui l'attendait soit déjà derrière elle.

— Et tu es sûre qu'il ne veut pas se marier ? insista-t-elle, perdant un peu de son calme légendaire.

Une des choses qui rendait le prince si parfait de son point de vue était sa réticence notoire à se marier. S'il refusait de se marier, il ne voudrait jamais rendre leur union permanente et interférer avec le plan que Nasrin et elle avaient élaboré.

— Absolument, répondit Nasrin d'un ton sans appel. Il a soutenu publiquement ne jamais vouloir se marier.

Alors pourquoi Alexa se sentait-elle si mal ? Sans doute parce que attirer l'attention d'un homme était une ambition qui lui était totalement étrangère, en raison probablement des règles et des obligations si strictes de son père, et de son propre sentiment d'inaptitude avec les hommes. Pourtant, cela n'avait pas toujours été le cas. Un jour, alors qu'elle avait dix-sept ans, elle avait cru un homme, Stefano, qui disait la trouver belle. Mais il la trouvait en fait surtout crédule. Suffisamment crédule pour se laisser séduire par un homme plus intéressé par son titre que par elle. Cette erreur avait fait vaciller sa confiance en elle, et l'avait amenée à se concentrer sur ses études et ses fonctions royales, à l'exclusion de tout le reste.

Non pas qu'elle *voulût* attirer le prince. Non, elle comptait sur sa coopération à son plan – un plan qui au final servirait à lui autant qu'à elle car il rétablirait des relations cordiales entre leurs deux nations. Malgré tout, l'idée lui avait paru beaucoup plus simple quand elle l'avait passée en revue dans sa tête durant la nuit que maintenant.

Faisant tout son possible pour rester positive, elle enfila ses escarpins et lissa sa robe de soirée, ignorant la façon dont l'astucieuse création la faisait paraître à la fois élégante et *nue*, ce qui, d'après son assistante, était l'effet recherché.

— Vous vous sentirez sexy et séduisante, lui avait assuré Nasrin lorsqu'elle avait vu la robe pour la première fois. Et tous les hommes présents dans la pièce vous regarderont et vous désireront.

Mais elle ne voulait pas que *tous* les hommes la regardent. Elle était déjà assez nerveuse à l'idée qu'*un* homme la regarde.

Elle prit le dossier que Nasrin avait préparé sur le prince, et consulta les photos de lui lors de soirées ou à des avant-premières de films. Très fortuné, il possédait à travers toute l'Europe un empire de boîtes de nuit et de bars qui rencontraient un franc succès.

« Des lieux de débauche », d'après son père.

Elle fut secouée par un frisson involontaire devant une photo du prince sur le pont d'un yacht. La brise collait son pantalon blanc contre ses cuisses musclées, ses cheveux bruns mi-longs flottaient au vent et son torse hâlé était de la même teinte que le pont en teck. Il tournait le visage vers l'appareil-photo et l'objectif avait admirablement capté son sourire lumineux, ses traits virils et ses magnifiques yeux bleus.

Elle étudia la photo de plus près. Malgré son air décontracté, il y avait quelque chose dans son attitude qui évoquait le danger. Un pli blasé ourlait ses lèvres, comme s'il avait vu tout ce qu'il y avait à voir dans la vie et que plus rien ne le surprenait. Ce qui était une bonne chose car, s'il acceptait son plan, leur rupture ne surprendrait ainsi personne.

— Il est sexy, n'est-ce pas ? demanda Nasrin en jetant un œil sur la photo, avant de reporter son attention sur Alexa. Vous êtes resplendissante, Votre Altesse. Le prince ne pourra pas vous résister.

Alexa avait beau apprécier l'optimisme de Nasrin, elle savait par expérience que les hommes trouvaient au contraire très facile de lui résister.

— Il est plus probable qu'il me rie au nez. Et s'il est aussi opposé au mariage qu'il le prétend, il n'acceptera peut-être même pas un engagement temporaire.

— Je suis sûre qu'il acceptera. Et ce n'est qu'un engagement temporaire. À moins que… vous ne tombiez amoureux l'un de l'autre.

Alexa secoua la tête. Nasrin avait une nature romantique

dont aucune discussion rationnelle ne pouvait venir à bout. Et même si Alexa avait autrefois rêvé d'un mariage d'amour, elle avait été suffisamment déçue par le passé pour ne plus compter dessus. L'amour n'était pas aussi important que la dignité, le respect de soi et l'objectivité. Et imaginer un seul instant que le prince de Santara pourrait tomber amoureux d'elle était franchement hilarant.

— Il y a peu de chances que cela arrive, répondit-elle sèchement. Fort heureusement, je ne veux pas de l'amour du prince. Je ne veux que sa coopération.

— Alors, foncez, dit Nasrin avec emphase.

Alexa sourit. Nasrin avait été une sorte de bénédiction tombée du ciel, quand elle était venue travailler à ses côtés après le décès de Sol. Sa nature facile, décontractée, et ses bavardages incessants lui avaient redonné confiance, à une époque où tout lui paraissait sombre et oppressant.

Alexa ne rechignait pourtant pas à sa fonction de future reine du Bérénia, car elle adorait son pays et ses compatriotes et voulait faire de son mieux pour eux. Elle voulait rendre son père fier d'elle et, si le prince acceptait son plan, elle pourrait rétablir les relations entre les deux pays et gagner du temps pour faire un mariage que son père approuverait, et qui la rendrait, elle, heureuse. Dans le cas contraire, elle devrait trouver quelqu'un d'autre. Car l'autre option – épouser l'homme que son père avait placé en tête de la liste des prétendants – était tout simplement inconcevable.

Rafe balaya du regard la salle de bal avec des sentiments mitigés. En règle générale, il essayait de revenir le moins possible au palais d'été, pas seulement parce que l'endroit ne lui rappelait pas de bons souvenirs, mais aussi parce que, depuis son départ, il avait coupé les ponts avec son pays et tout ce qui s'y rattachait. Et il ne regrettait rien. La vie à Santara ne lui manquait pas le moins du monde, pas plus que la chaleur torride et les sempiternelles fonctions royales que son père attendait de lui. Celui-ci n'avait jamais compris le besoin qu'il avait de suivre sa propre voie et descendait systématiquement ses idées en flèche. Intransigeant et étroit d'esprit, son père considérait les avis contraires au sien comme de simples ondulations à la surface d'un étang. Rafe avait appris à ne pas s'en soucier et, malgré la certitude de son père qu'il n'arriverait jamais à rien – ou peut-être à cause de celle-ci —, il avait réussi dans la vie.

Il s'était libéré des contraintes et des obligations, et vivait désormais pleinement sa vie. Même si son père n'était plus là pour le voir. En effet, celui-ci était mort quand Rafe avait dix-huit ans, et c'était cela qui l'avait libéré. Ou plutôt, son frère Jag lui avait rendu sa liberté quand il avait pris ses fonctions de roi, et permis à Rafe de déployer ses ailes. Alors qu'ils avaient été très proches, la relation entre eux s'était peu à peu tendue avec la distance, et Rafe n'était pas sûr de pouvoir désormais combler le gouffre sans se perdre par la même occasion. Cependant, contrairement à ce qu'en pensait Jag, Rafe lui devait tout.

Voyant où le menaient ses réflexions, Rafe secoua la tête. C'était en partie pour cela qu'il détestait revenir chez lui. Les souvenirs, le sentiment d'entrave et de pesanteur qui le submergeaient ne faisaient plus partie de sa vie actuelle. Il vivait principalement en Angleterre où il avait utilisé un prestigieux investissement en technologie, fait durant ses études à Cambridge, pour acquérir son premier bar et night-club. Il avait une aptitude prodigieuse pour deviner ce que sa clientèle voulait et transformer tout lieu qu'il reprenait en endroit à succès.

Ce qui le rendait lui aussi très populaire, et il était poursuivi par nombre de femmes qui voulaient lui mettre la bague au doigt, ce qu'il n'avait aucune intention de faire. Jamais. D'après son expérience, le facteur nouveauté allait rarement au-delà de la chambre à coucher et, si cela avait été le cas, la relation tumultueuse de ses parents l'avait guéri à tout jamais du mariage.

Mieux valait s'amuser, profiter de l'instant présent, puis passer à autre chose avant que quelqu'un souffre. Et si la presse à scandale voulait le dépeindre en don Juan pour augmenter ses tirages, ce n'était pas son problème. Ce que Jag ne comprenait pas.

Mais Jag était encore contrarié par le fiasco qui s'était produit ici même l'année précédente, avec une héritière française. Rafe, qui s'était très vite ennuyé, avait emmené la jeune femme à l'étage, dans son jacuzzi, sans savoir qu'elle posterait des photos d'eux sur les réseaux sociaux. S'il avait su que Jag était en pleines négociations avec le père de l'héritière, Rafe aurait insisté pour qu'elle laisse son portable en bas. Reconnaissant son erreur, il avait promis à son frère qu'il ne s'attirerait pas d'ennuis ce soir.

Comme par enchantement, il vit sa sœur se frayer un chemin à travers la foule des invités tirés à quatre épingles pour venir vers lui.

— L'autruche a perdu la bataille ? demanda-t-il, taquin, en découvrant les plumes colorées qui couvraient sa jupe. Ou tu comptes les rendre à la pauvre bête en fin de soirée ?

— Ris autant que tu veux, fit Milena en plissant les yeux, mais j'adore cette robe, et ces plumes sont des plumes tombées, elles ont été récoltées à terre. C'est pour ça que tu souriais d'un air malicieux ? Ou bien pour une autre raison ?

— Je me souvenais d'une certaine héritière française rencontrée ici l'année dernière.

— Oh ! je t'en prie, dit Milena en levant les yeux au ciel. N'aborde pas le sujet avec Jag ou il va devenir fou.

— Il devrait se détendre. Il a obtenu le contrat, en fin de compte, c'était gagnant-gagnant pour nous deux.

— Pas grâce à toi. Quand vas-tu donc sortir avec des femmes que tu respectes *et* comptes ép…

— N'en dis pas plus, dit-il d'un ton suppliant. Mais rassure-toi, j'ai promis à Rafe de me tenir à carreau ce soir.

Il lança un sourire radieux à sa sœur, tout en sachant que cela ne marcherait pas avec elle. Malgré ses six ans de moins, elle savait parfaitement à qui elle avait affaire.

— Ça ne risque pas de me rassurer, dit-elle avec un soupir. Et tu devrais laisser Jag tranquille ce soir. Il a beaucoup de soucis en ce moment avec le Bérénia.

Rafe leva un sourcil interrogateur. Il y avait eu des soucis avec le pays voisin, mais il croyait les choses calmées.

— Encore ? Est-ce parce qu'il a refusé d'épouser leur princesse adorée ? Il est temps qu'ils passent à autre chose.

— Il n'y a pas que ça. Santara a plus progressé que le Bérénia sur la scène mondiale, ce qui apporte son lot de ressentiment.

— Je ne vois pas en quoi nous sommes responsables de leur incompétence.

— Je ne connais pas tous les tenants et les aboutissants, mais… Oh ! voilà Jag. J'étais censée venir te chercher pour en finir avec les photos officielles.

— Montre-moi le chemin, répondit Rafe, amusé.

Il sourirait et se montrerait aimable pour que son frère n'ait rien à lui reprocher. Et dès le lendemain, il reprendrait l'avion pour chez lui, et le cours de sa vie.

— Rafa, dit Jag d'un ton un peu guindé. Je n'étais pas sûr que tu puisses venir cette année.

— Je n'aurais pas manqué le bal pour un empire. Surtout s'il y a une héritière française à séduire.

— Rafa ! fit Milena. Tu avais promis !

Rafe éclata de rire.

— Ne t'inquiète pas. Jag sait que je le taquine.

— En tout cas, je l'espère, répondit son frère en grommelant. Et ce n'est pas parce que tu mettais un point d'honneur à agacer notre père que tu dois te sentir obligé de poursuivre la tradition.

— Je n'oserais pas, répondit Rafe en souriant. J'ai appris que tu avais des soucis avec les Béréniens.

— Ne m'en parle pas. C'est le peuple le plus têtu du monde.

Le photographe s'arrêta devant eux.

— La lumière est sans doute meilleure près de la colonne, Votre Majesté ; cela vous ennuierait-il de vous déplacer ?

— Pas du tout, répondit Jag en balayant la salle du regard jusqu'à ce qu'il repère Regan, sa jeune épouse.

Un sourire tendre étira ses lèvres comme il l'invitait d'un geste à les rejoindre. Manifestement enceinte, elle était ravissante, nota Rafe, et n'avait d'yeux que pour son frère.

Lorsqu'elle s'arrêta face à lui, Rafe aurait pu jurer qu'à leurs yeux le reste de la pièce avait disparu. Comment serait-ce, d'aimer quelqu'un à ce point ? Un instant déstabilisé, il décida qu'il ne voulait pas le savoir.

— Bonsoir, Votre Majesté, dit Rafe en portant la main de Regan à ses lèvres. Vous êtes resplendissante. Si un jour vous vous lassez de mon frère si rigide, vous n'avez qu'à…

— Rafa…, commença Jag.

La reine Regan rit et posa la main sur le bras de son mari.

— Toujours aussi terrible, Rafaele. Mais où est la jeune femme qui devait t'accompagner ? Un top model espagnol. Ella ? Esme ?

— Estela. Malheureusement, nos priorités divergeaient, nous nous sommes séparés.

— Et tu sembles clairement navré, répondit Regan, moqueuse.

— Si vous avez fini de flirter, tous les deux, fit Jag d'une voix légèrement irritée, le photographe nous attend.

— Pardon, répondit Regan en glissant son bras sous le sien. Mais je suis une femme mariée maintenant, je dois vivre par procuration. Et Rafaele a toujours des histoires *passionnantes* à raconter.

— Je te raconterai une histoire passionnante plus tard, lui promit Jag. Mais pour le moment, souris et contente-toi de l'imaginer.

— Quoi qu'ils partagent, je n'en veux pas, fit Rafe à sa sœur dans un souffle.

— Cela s'appelle l'amour, répondit Milena d'une voix malicieuse. Et je rêve de vivre ça un jour.

— Ne t'avise pas de tomber amoureuse de quelqu'un sans que je t'aie donné mon aval, lui dit Rafe d'un ton sévère.

— Jag et toi, vous n'êtes pas mieux l'un que l'autre, soupira-t-elle. Vous vous ressemblez plus que vous le pensez.

Il haussa les épaules. Elle avait tort. Jouer les mauvais garçons avait toujours été plus simple pour lui. Mais il ne releva pas, se contentant de sourire et de pincer sa sœur au moment où le photographe appuyait sur l'obturateur. Milena se vengea en lui donnant un coup de pied dans la cheville ; leur jeu habituel pour voir qui déstabiliserait l'autre en premier.

Deux heures plus tard, s'ennuyant à mourir, Rafe songeait à profiter de son jacuzzi – seul – lorsqu'il la vit. Une vision qui lui apparut nue au premier regard, mais qui, hélas, ne l'était pas. Elle était belle à couper le souffle, avec ses cheveux noirs, sa peau lisse dans les tons caramel et son élégant profil. Ses traits délicats étaient complétés par des courbes voluptueuses et des jambes interminables.

Ils étaient faits l'un pour l'autre, comprit-il en un éclair, intrigué par son désir de connaître la couleur de ses yeux et le goût de ses lèvres. Il voulait caresser sa peau douce et soyeuse, admirer ses courbes féminines, tandis qu'il libérerait avec une exquise lenteur son corps de cette audacieuse robe.

Comme si elle avait perçu ses pensées érotiques, la jeune femme tourna la tête et croisa son regard. Elle cligna des yeux et rougit légèrement. Était-ce son charisme viril qui lui faisait cet effet ? Il l'espérait. En tout cas, ce n'était sûrement pas l'idiot qui se tenait face à elle. Le comte Kushnir n'était pas à la hauteur d'une femme comme elle.

Un sourire ourla les lèvres de Rafe quand il vit les yeux de la jeune femme s'écarquiller, comme si elle aussi savait qu'ils étaient voués à devenir amants. Parce qu'ils deviendraient tôt ou tard amants, c'était certain. En espérant qu'elle ne jouerait pas la femme difficile à séduire, croyant à tort que, s'il devait se plier en quatre pour obtenir ses faveurs, il serait plus intéressé. En effet, il n'aurait pas pu être plus intéressé s'il l'avait voulu.

2.

Alexa sentit le regard ardent du prince Rafaele posé sur elle. Le moment qu'elle attendait était enfin arrivé. Le moment où il la remarquerait et où ils pourraient enfin se rencontrer. Elle se présenterait, ferait un brin de conversation et… et…

— *Tchou, tchou, tchou !*

— Pardon ?

S'obligeant à reporter son attention sur l'homme qui se tenait devant elle, un Russe dont l'ascendance noble était antérieure à Pierre Le Grand, elle s'efforça de sourire, espérant avoir mal compris. Mais non… Voilà qu'il imitait à nouveau le bruit de sa petite locomotive à vapeur tournant autour d'un circuit apparemment grandeur nature. Si elle avait un seul instant vu en cet homme un candidat possible pour son projet, il venait de la convaincre de chercher ailleurs. Même lui sourire était devenu pénible.

— Puis-je vous interrompre ?

Une voix douce et profonde interrompit le monologue de l'homme qui s'était, une fois de plus, lancé dans la description d'une de ses locomotives à vapeur.

S'attendant au prince Rafaele, Alexa poussa un soupir de soulagement et de déception mêlés lorsqu'elle s'aperçut de son erreur. Son regard revint aussitôt à l'endroit où elle l'avait vu en dernier, mais il n'y était plus.

— Votre Altesse Royale ?

Étonnée de la défection du prince Rafaele, surtout après la façon dont il l'avait dévisagée, Alexa sourit au nouveau venu. Que lui avait-il demandé ? De danser ?

— Avec plaisir.

Elle n'avait pas vraiment envie de danser mais peut-être cela l'apaiserait-il. En effet, elle avait été bouleversée par le regard que le prince lui avait lancé. Certes, elle le savait séduisant. Les photos que Nasrin avait trouvées sur Internet étaient assez explicites, mais en chair et en os… Il était plus charismatique encore. Plus sensuel. Plus *physique*. Avec ses larges épaules et ses hanches étroites, son corps exsudait une grâce féline qui attirait l'attention. Ses cheveux bruns, qu'il portait assez longs, encadraient une mâchoire volontaire et des lèvres pleines et sensuelles. Il lui faisait penser à bien des égards au roi Jaeger, mais le prince avait un comportement laconique extrêmement sexy, et bizarrement elle n'avait jamais pensé au roi dans ces termes. Puissant, intimidant et majestueux, oui. Mais il ne lui avait jamais fait battre le cœur plus vite, contrairement au prince Rafaele.

Mais le silence s'était installé entre elle et l'homme qui la faisait évoluer sur la piste de danse en maintenant une distance respectable entre eux. Se sentant coupable de l'ignorer, elle chercha quelque chose d'intéressant à dire. Elle, qui avait des années d'expérience en matière de conversations banales, échouait contre toute attente à aligner ses pensées. Son esprit était comme engourdi depuis qu'elle avait croisé le regard du prince Rafaele.

— Désolé de vous interrompre, Lord Stanton, mais je crois que vous devriez contacter votre bureau. Quelque chose à propos d'un test de paternité…

— Pardon ? Ça ne se peut pas !

Le partenaire de danse d'Alexa lui lâcha aussitôt la main et dévisagea d'un air sombre l'homme qu'elle avait attendu toute la soirée de rencontrer *par hasard*.

Le prince Rafaele haussa nonchalamment les épaules.

— Ne tirez pas sur le messager.

Elle fronça les sourcils ; Lord Stanton s'excusa auprès d'elle et s'éloigna rapidement.

— Permettez, dit le prince en la prenant dans ses bras, où il la tint autrement plus serrée que ne l'avait fait Lord Stanton.

Elle devina bientôt que le prince avait sans doute inventé ce prétexte de toutes pièces.

— Y avait-il une once de vérité dans vos propos ?

— Pas un mot.

Fallait-il en rire ou en pleurer ?

— Ce n'était pas très gentil de votre part, dit-elle, le rabrouant. Vous avez vraiment effrayé ce pauvre Lord Stanton.

— Seulement parce que cette situation est déjà arrivée au *pauvre* Lord Stanton.

— Vraiment ? Comment le savez-vous ? Est-ce un ami à vous ?

— Je sais tout. Et non, ce n'est pas mon ami. Loin de là.

— Il ne va pas être content quand il se rendra compte que vous lui avez menti.

— Probablement pas, répondit le prince d'un ton insouciant. Mais dites-moi, avant d'aller plus loin, ce léger accent… Vous ne seriez pas française, par hasard ?

— Non.

— Bien, dit-il, avant de l'attirer à lui. Je peux désormais profiter du bonheur de vous avoir dans mes bras.

Douloureusement consciente du torse chaud et viril pressé contre sa poitrine, elle retint son souffle. Il avait glissé une de ses cuisses musclées entre ses jambes, la déséquilibrant légèrement et l'obligeant à s'agripper à sa main pour ne pas tomber. Consciente de n'avoir jamais ressenti une telle attirance pour un homme auparavant, elle recula machinalement d'un pas, réaction qui le fit sourire.

— Je vais trop vite pour vous ?

— Je… Je n'aime pas être bousculée, répondit-elle.

À dire vrai, elle n'avait pas l'habitude d'être touchée ainsi. Son père ne s'était jamais montré particulièrement affectueux avec elle et comme sa mère était morte en couches, elle avait été élevée par une succession de nourrices, toutes parties avant que Sol et elle puissent s'attacher à elles. Leur père avait choisi cette méthode par souci d'instiller chez ses enfants un discernement et une distance dignes de leur rang. Elle se souvenait encore du jour où Mme Halstead les avait quittés. À cinq ans, Alexa avait pleuré toutes les larmes de son corps, faisant ainsi valoir le point de vue de son père. Après un certain temps, elle avait cessé de pleurer quand les gens partaient, mais à en croire l'erreur qu'elle avait faite avec Stefano, elle avait mis plus longtemps à apprendre le discernement. Et parfois, elle se demandait si elle avait vraiment compris cette leçon. Surtout maintenant, alors qu'elle luttait pour rester objective dans les bras de cet homme.

— Mais je peux bien entendu faire plus doucement, dit-il en laissant son regard errer sur sa silhouette.

Elle avait beau avoir délibérément choisi une tenue sexy, elle était si peu habituée à ce que les hommes flirtent avec elle qu'elle mit un moment à comprendre ses propos, mais quand ce fut le cas, elle s'empourpra et ne sut quoi répondre. Seuls son amour pour son pays et le désir d'apaiser son père la poussèrent à poursuivre son plan. En effet, en temps normal, elle n'aurait jamais songé à s'approcher d'un homme comme le prince. Pas seulement à cause de sa réputation de séducteur, mais parce qu'il exsudait la masculinité et la force, la rendant bien trop consciente de sa présence virile.

Quand l'orchestre changea de tempo, elle prit soudain conscience que le prince dansait très bien. Ses mouvements étaient fluides et gracieux, tandis qu'il la faisait tournoyer au rythme de la musique endiablée. Désireuse de reprendre le contrôle de la situation, elle se demandait comment lui proposer un endroit calme leur permettant de s'asseoir et de discuter quand il la déstabilisa en se pressant contre elle.

— Vous êtes éblouissante, murmura-t-il en portant sa main gauche à ses lèvres. Et célibataire. Deux de mes qualités préférées chez une femme.

Sa question précédente, relative à sa nationalité, lui revint en mémoire et elle s'écarta pour le regarder.

Savait-il qui elle était ?

Elle avait croisé tant de regards compatissants durant la soirée, de la part de ceux qui savaient qu'elle était la princesse éconduite du Bérénia, qu'elle avait envie de mordre.

Qu'il ne la reconnaisse pas semblait impossible, mais qui savait… Après tout, cela faisait plus de dix ans qu'il avait quitté le pays. Une pensée lui traversa soudain l'esprit. S'il ne savait pas qui elle était, cela lui donnait une chance de découvrir comment il réagirait à son plan sans perdre la face en lui posant directement la question.

Il l'observait calmement de son regard perçant. De grands yeux saphir, ourlés de longs cils noirs, qui semblaient l'attirer avec la promesse de plaisirs qu'elle n'imaginait sans doute même pas. Puis il la dévisagea d'un air franchement amusé, comme s'il percevait chacun de ses désirs les plus chers et avait le pouvoir de les réaliser. L'idée était terrifiante, et irrésistible. Seulement, elle ne prévoyait pas de devenir une de ses fidèles adoratrices ; il était donc peut-être préférable de planter tout de suite le décor.

— Êtes-vous toujours aussi direct ?

— Je ne suis pas du genre à perdre mon temps en futilités.

Elle n'en doutait pas une seconde. Mais, depuis la mort de son frère, son avenir à elle était tout tracé et elle évoquait rarement ses rêves, pas plus qu'elle n'essayait de les réaliser.

La main posée au creux de son dos, il la fit tournoyer.

— Je n'ai encore jamais essuyé de refus, fit-il avec un grand sourire. J'espère que ce n'est pas près d'arriver.

— Seriez-vous en train de me faire des avances ?

Les mots franchirent ses lèvres avant qu'elle ait pu les retenir et elle se retint de grimacer.

Il lui sourit, révélant de belles dents blanches et régulières.

— Je crois bien, oui.

— Mais vous ne me connaissez même pas.

— Je n'ai pas besoin de vous connaître pour savoir que je vous désire, susurra-t-il. Mais si mon nom peut vous mettre plus à l'aise… Je suis le prince Rafaele al-Hadrid. Rafe pour les intimes et Rafa pour la famille.

— Je sais qui vous êtes, répondit-elle sèchement. Et je connais aussi votre réputation.

Son sourire s'élargit.

— Quelle réputation ?

Prise de court par son attitude imperturbable, elle tenta d'en savoir plus.

— Celle selon laquelle vous ne voulez pas vous marier.

— C'est vrai. Je suis doué pour nombre de choses mais être un bon mari ne fait pas partie de mes qualités. Et je crois préférable de me concentrer sur mes points forts.

— Et pourquoi ne seriez-vous pas un bon mari ?

— Selon la rumeur, je suis un homme dénué d'affection sincère, extrêmement égoïste et qui a peur de l'engagement.

— Je suis sûre que c'est exagéré, répondit-elle en riant malgré elle.

— Je suis ravi que vous pensiez comme moi. Mais vous ne vous êtes pas présentée, lui rappela-t-il doucement.

— C'est exact.

Il leva un sourcil interrogateur.

— Et vous n'avez pas l'intention de le faire. Voulez-vous que je devine ? demanda-t-il en la scrutant. Votre visage me semble vaguement familier. Devrais-je vous connaître ?

— Je pense que oui.

— Avons-nous jamais… ?

— Non, coupa-t-elle, trébuchant contre lui quand elle comprit le sens de ses propos.

Aussitôt, le contact avec son corps chaud fit monter une douce chaleur en elle. C'était dangereux, lui souffla une petite voix intérieure, et elle ferait mieux de battre en retraite. Mais elle en fut incapable. Pas avec ces yeux d'un bleu intense fixés sur elle et s'attardant sur ses lèvres. Sa bouche fut brusquement si sèche qu'elle dut lutter pour ne pas l'humidifier. Son cœur battait à se rompre et elle était envahie d'une douce léthargie qu'elle n'avait jamais expérimentée auparavant.

Les derniers accords du violon indiquèrent la fin de la mélodie sur laquelle ils dansaient et quelqu'un annonça au micro le début des enchères silencieuses.

Les invités se dirigèrent en petits groupes vers une des antichambres et Alexa se rendit compte avec stupeur qu'elle était toujours dans les bras du prince. Luttant pour recouvrer ses esprits, elle mit un moment à prendre conscience qu'il lui avait pris la main et l'entraînait dans la direction opposée.

— Où m'emmenez-vous ? s'écria-t-elle, essayant en vain de l'arrêter.

— Quelque part où on pourra parler tranquillement.

Il la fit franchir des portes et remonter un long couloir, sans qu'elle ait la force nécessaire pour l'arrêter.

— Attendez, intima-t-elle.

Il s'arrêta aussitôt et la dévisagea longuement.

Clignant des yeux, elle tenta de rassembler ses pensées. Elle allait à un moment ou à un autre devoir se retrouver seule avec lui pour lui parler de sa proposition, mais vu la douce chaleur qu'elle sentait monter en elle au contact de ses mains, elle ne s'en sentait pas capable pour le moment. Par ailleurs, il n'était pas question qu'il l'emmène quelque part pour parler. Elle n'avait peut-être pas beaucoup d'expérience, mais elle savait les hommes capables de se montrer sans scrupules quand ils voulaient obtenir quelque chose.

— Je ne vais pas vous embrasser, dit-elle avec audace en se libérant doucement de sa poigne, bien qu'elle fût au contraire très tentée de le faire.

Un sourire amusé se dessina sur les lèvres du prince, qui la fit rougir.

— Vous n'aimez pas les baisers ?

Pas particulièrement, mais la question n'était pas là.

— Je n'embrasse pas les étrangers.

— Mais je ne suis pas l'étranger ici ; c'est vous, fit-il. Et je ne partage pas vos réserves.

Son ton était léger mais elle sentait son désir dans son corps tendu, prêt à bondir. Elle déglutit. Plutôt que de l'effrayer, cette attitude l'excitait au contraire. Lorsqu'elle frissonna, il le remarqua, bien sûr, et ses prunelles s'assombrirent.

— Venez avec moi, dit-il d'un ton rassurant. J'ai l'impression que votre vie gagnerait à être un peu plus excitante.

Elle aurait voulu le nier, mais son analyse était si juste qu'elle en fut incapable. Chaque heure de sa journée était occupée par des réunions ou de la paperasse et elle prenait rarement le temps de s'amuser. Un éclat de rire d'un des invités coupa court à sa rêverie et lui démontra à quel point il avait raison. Les sérieux doutes qu'elle avait eus quant au bien-fondé de son projet lui revinrent en masse. Le prince Rafaele était bien plus viril et charismatique qu'elle l'avait anticipé, et la façon osée dont il la fixait mettait tous ses sens en émoi. Il avait un côté infiniment dangereux que ni son vernis de bienséance ni son costume élégant ne pouvaient effacer.

— Venez, insista-t-il. Prenez ma main.

C'était plus un ordre qu'une invitation, et sa voix rauque lui fit un instant oublier que son avenir était sur la sellette et les enjeux, de taille.

Contre toute pensée rationnelle, elle céda à la tentation, plaça sa main dans la sienne et se laissa entraîner vers une salle de lecture à la lumière tamisée. Jetant un coup d'œil à la ronde, elle constata que la pièce était vide, les doux tissus d'ameublement et les rideaux vaporeux offrant une étrange sensation d'intimité qui s'accrut lorsqu'elle entendit la porte se refermer derrière elle.

— Je ne suis pas sûre que ce soit une bonne idée.

Il lui lança un sourire espiègle.

— Sans doute pas.

Absorbée par la façon dont il s'approchait avec une grâce féline, Alexa n'était pas préparée à ce qu'il envahisse son espace personnel, et heurta la table derrière elle en reculant machinalement. Heureusement, il la saisit par la taille et la maintint de façon possessive.

— Votre Altesse, protesta Alexa, l'esprit plein de tumulte. Je vous ai dit que…

— … Vous ne m'embrasseriez pas, je sais.

L'instant suivant, il inclina la tête, les lèvres à un souffle des siennes, tandis qu'il inhalait profondément son parfum.

Un frisson agita la nuque d'Alexa et elle vacilla légèrement. Elle posa les mains à plat sur le torse du prince pour ne pas tomber, ses sens enregistrant la chaleur de son corps et les battements de son cœur à travers l'épais tissu de sa veste. Malgré ses hauts talons, leur différence de taille plaçait ses yeux à hauteur de la bouche sensuelle du prince et elle ne put détourner le regard. Elle agrippa instinctivement sa veste.

Les mains du prince s'affermirent sur ses hanches.

— Vous avez exactement trois secondes pour vous écarter, si vous ne voulez pas que je vous embrasse.

Sa voix était rauque et sensuelle et Alexa s'empourpra, tandis qu'une coulée de lave chaude se répandait en elle. Consciente de perdre pied, les jambes flageolantes, elle se pressa contre lui dans un geste qui exprimait parfaitement ses désirs pour un homme fin connaisseur des règles du jeu.

— Je suis sûr que cela fait presque cinq, murmura-t-il en inclinant la tête.

Sa bouche se posa sur la sienne, doucement, lentement, et avec une dextérité qui entraîna en elle une réponse qu'elle n'imaginait pas pouvoir donner. Comme elle ne résistait pas, il poussa un grognement et prit les choses en main, lui capturant la nuque d'une main et se pressant contre elle.

Elle n'aurait pas dû le laisser faire, mais le désir de le goûter était si fort qu'elle était incapable de lui résister.

— C'est bien, ma chérie, dit-il dans un souffle. Ouvre-toi pour moi.

Elle n'avait jamais été embrassée avec une telle expertise et, lorsqu'il insinua la langue dans sa bouche et joua avec la sienne, elle sentit le désir se déployer au fond de son ventre. L'érotisme inattendu de son geste lui fit agripper ses épaules et se cambrer contre lui. Les sensations étaient si fortes qu'elle étouffa un gémissement lorsqu'il captura du bout des doigts un de ses seins. La raison pour laquelle elle était venue était complètement oubliée. Tout ce qui lui importait était la bouche de cet homme sur la sienne et ses caresses expertes qui l'enflammaient.

Lorsqu'elle glissa les mains dans ses cheveux et l'attira à elle, il captura ses fesses, ses paumes calleuses s'accrochant aux minuscules cristaux de sa robe.

— Tu as un goût de miel, souffla-t-il, alors que ses lèvres traçaient un chemin brûlant de sa bouche à son oreille.

— Tu as un goût de menthe, répondit-elle dans un sursaut, rejetant la tête en arrière pour mieux s'offrir à ses caresses.

Sous le tissu de sa robe, ses tétons se dressèrent.

Il éclata d'un rire appréciateur qui lui redonna confiance en elle, après l'échec de sa précédente expérience sexuelle.

— Viens avec moi dans ma chambre, dit-il tout bas en

déposant une multitude de baisers dans son cou. Je ne peux pas te faire l'amour ici ; on nous surprendra.

Laquelle de ces affirmations pénétra son esprit embrouillé ? Alexa posa les mains sur les biceps du prince et le repoussa. Comme elle s'efforçait de reprendre son souffle et ses esprits, le souvenir de son erreur de jeunesse lui revint en mémoire.

— Nous ne pouvons pas... Je ne suis pas... Lâche-moi !

À peine les mots avaient-ils franchi ses lèvres que, haletant et le souffle court, il la lâchait. Ses cheveux noirs étaient en désordre et elle comprit, horrifiée, que c'étaient ses doigts qui avaient dû faire ça.

— Où est le problème ?

— Le problème ?

Elle écarquilla les yeux devant sa question ridicule.

— Le problème est que nous avons failli... J'ai juste... Je ne suis pas venue ici pour ça...

Le prince fronça les sourcils.

— Pourquoi es-tu venue, alors ?

L'esprit encore agité, Alexa dit la première chose qui lui vint à l'esprit.

— Je suis venue te demander de m'épouser.

3.

— Tu aurais dû me dire ça dès le début, susurra le prince. Cela aurait étouffé l'alchimie entre nous plus vite qu'une tempête de sable dans le désert.

Ne sachant trop comment réagir, Alexa fronça les sourcils.

— Je ne m'attendais pas à ce que tu me sautes dessus dès la minute où nous sommes entrés ici.

— Moi, je t'ai sauté dessus ? répondit-il en lui jetant un regard amusé. Je t'ai laissé une chance de faire machine arrière.

— Trois secondes ?

Son sourire s'élargit.

— Cinq au final.

— Tu ne me connais même pas, dit-elle.

Comment pouvait-il passer avec une telle facilité du désir à l'amusement quand elle luttait encore pour retrouver son calme ?

— Je ne trouve pas ça si important quand je désire une femme.

Cela la piqua au vif. Quelle femme aurait voulu être considérée comme un simple fleuron à son tableau de chasse ?

— Pourquoi ? demanda-t-elle malgré tout. Parce que tu ne comptes pas la revoir ?

— Ça dépend de la situation. Et de la femme, répondit-il en plissant les yeux d'un air intrigué. Qui es-tu donc ? J'avoue que tu me sembles familière, même si je sais que je ne t'ai jamais embrassée.

Devait-elle se sentir flattée par cette remarque ou pas ?

— Je m'appelle Alexa, je suis la princesse héritière du Bérénia.

Elle avait volontairement employé un ton hautain pour marquer son mécontentement et, à sa grande satisfaction, il écarquilla les yeux de stupeur.

— Ça aussi, tu aurais pu le mentionner plus tôt, dit-il en se passant une main nerveuse dans les cheveux.

— J'en avais l'intention, mais tu m'as embrassée avant que je puisse dire quoi que ce soit.

Jurant à mi-voix, Rafe posa le regard sur les lèvres d'Alexa. Elle avait raison. Jamais une femme ne l'avait attiré à ce point, le poussant à l'embrasser sans attendre. Sa seule excuse était qu'il avait deviné qu'elle brûlait du même désir que lui. Et il ne s'était pas trompé. Elle avait réagi au quart de tour à ses baisers passionnés. Quelques secondes de plus et ils auraient tous les deux été nus et allongés sur le sol.

Dieu merci, il avait eu suffisamment de présence d'esprit pour lui proposer de se rendre dans sa chambre, et assez de retenue pour la lâcher quand elle le lui avait demandé. Mais il n'en avait eu aucune envie. Le brasier qu'elle avait allumé en lui avait été près d'exploser. Devait-il s'excuser de lui avoir « sauté dessus », comme elle l'en accusait ? D'habitude, il témoignait d'un peu plus de finesse et de maîtrise de soi !

Et pour couronner le tout, c'était l'ex-fiancée de son frère. La fille de l'homme qui faisait un enfer de la vie de son frère. Jag serait furieux s'il apprenait ce qu'il avait failli faire. C'était une chose d'agacer volontairement son père, c'en était une autre d'agir ainsi envers son frère.

— Je suggère que nous oubliions ce qui s'est passé ici.

S'il en était capable. Il avait le sentiment qu'il rêverait longtemps du goût de sa bouche et des petits gémissements qu'elle avait poussés lorsqu'il avait capturé ses fesses entre ses mains. Même maintenant, il voulait la toucher à nouveau.

— Mais ma proposition de tout à l'heure était sérieuse, dit-elle. J'aimerais vraiment qu'on en discute.

Il se remémora les propos qui l'avaient stoppé net dans son élan.

— Tu parlais d'un mariage, si je me souviens bien.

— De fiançailles, plus exactement.

Il secoua la tête. Était-elle vraiment sérieuse ?

— Je n'ai pas l'intention de me marier. Tu vas devoir trouver quelqu'un d'autre pour réaliser ce fantasme.

— Je sais bien que tu ne veux pas te marier. C'est tout l'intérêt, car moi non plus.

Perplexe, il fronça les sourcils. Elle était soit folle soit…

— Combien de verres as-tu bus, princesse ? Tes propos n'ont aucun sens.

— À peine un verre, répondit-elle d'un ton sec comme s'il l'avait insultée. Je suis parfaitement sobre.

— La manière dont tu as répondu à mes baisers était donc sincère, dit-il lorsqu'elle rougit. C'est bon à savoir.

— Je préférerais ne pas parler de ça, répondit-elle, les lèvres pincées. Et compte tenu de ce qu'il vient de se passer, le moment est sans doute mal choisi pour discuter de ma proposition. Pourrions-nous nous rencontrer demain ?

— Je n'aurai pas changé d'avis demain. Ni le jour suivant.

— Écoute…, dit-elle, levant les mains en signe d'apaisement. Je ne parle pas d'un vrai mariage, mais d'un engagement temporaire qui servira nos intérêts. Nous n'aurons pas besoin de passer beaucoup de temps ensemble. Il suffit de faire une déclaration commune à la presse, d'aller ensemble à quelques événements mondains et de rompre à l'amiable au moment qui nous convient.

— De toutes les propositions que j'ai reçues, celle-ci est la plus originale, mais le mariage et même des fiançailles… Désolé, je ne peux pas. Que ce soit temporaire ou non.

— Je comprends.

Elle poussa un profond soupir et repoussa une mèche de cheveux derrière une de ses oreilles. Elle était toute décoiffée là où ses mains l'avaient caressée, ce qui lui donna envie de renouveler l'expérience. Il voulait dénouer cette magnifique chevelure et découvrir jusqu'où elle allait.

Il suivit des yeux Alexa qui marchait de long en large

dans la superbe pièce au plancher d'acajou, admirant sa silhouette que la robe épousait admirablement.

— Et c'est bien pour ça que je t'ai choisi.

— Choisi ? répéta-t-il, stupéfait.

— Oui, répondit-elle patiemment. Je dois me marier – ou au moins me fiancer – et tu as toutes les qualités que je recherche dans un fiancé.

Amusé et curieux malgré lui, il voulut en savoir plus.

— Et quelles sont ces qualités ?

— Tu suis tes propres règles, tu n'es pas du tout intéressé par le mariage et tes valeurs dans la vie sont discutables.

— Discutables ?

— D'après ce qu'on dit de toi, tu es un parfait hédoniste.

Il s'adossa au fauteuil derrière lui.

— Vraiment ?

— Je paraphrase bien entendu, mais le fait est que nous sommes totalement incompatibles. Cela ne surprendra donc personne que nous rompions avant le mariage, et aucun de nous ne sera tenu pour responsable.

Contrairement à la fois où le roi de Santara avait rompu avec elle et où les gens avaient cru que c'était sa faute à elle.

— Je dois admettre que c'est la première fois qu'une femme avance ces raisons pour essayer de me mettre la bague au doigt. D'habitude, c'est plus dans la lignée de : « Tu es riche, puissant et surtout tu es prince. »

— Oh ! le fait que tu sois prince est important pour moi aussi. Au moins que tu sois de Santara, précisa-t-elle en se perchant sur le bord du canapé. Les femmes te disent vraiment ce genre de choses ?

— Je paraphrasais, répondit-il, une lueur moqueuse dans le regard. Pourquoi mon statut de prince de Santara est-il si important à tes yeux ? J'aurais pensé au contraire que c'était la dernière chose que tu aurais voulue.

— Mon père est persuadé que mon mariage apaiserait la tension entre nos deux nations et permettrait à notre peuple d'oublier que ton frère a rompu nos fiançailles. Il m'a donné six mois pour trouver quelqu'un, mais je ne pensais pas qu'il était sérieux. Il a donc décidé de prendre les choses en main et d'arranger un mariage dont je ne veux pas.

— Ah, je commence à comprendre.

— Lorsque mon père est dans cet état d'esprit, il est inflexible, et j'ai besoin de plus de temps, dit-elle avec un soupir.

— Hum…

Triste pour elle, il offrit la seule solution qui lui vint à l'esprit.

— Tu peux toujours dire non.

— Mon père ne comprend pas le mot « non ».

— Et *toi*, comprends-tu le mot « paillasson » ?

Elle redressa la tête, des étincelles plein les prunelles.

— Es-tu en train de me dire que je suis un paillasson ?

Il haussa les épaules.

— Parfois l'habit ne fait…

— Ce n'est pas le cas, répondit-elle avec véhémence. Mais mon père a enduré beaucoup de choses ces dernières années et je ne veux pas ajouter à ses problèmes. Et c'est en partie à cause de ton frère. S'il n'avait pas rompu nos fiançailles, rien de tout cela ne serait un problème.

— Mais tu n'aurais pas eu l'occasion de m'embrasser si passionnément non plus.

Furieuse, la princesse se leva.

— Soit tu as un ego colossal, soit tu te moques de moi.

— J'opte pour la théorie de l'ego. C'est nettement moins explosif.

Il se dirigea vers l'armoire à alcool, logée entre deux bibliothèques, et se versa un verre de whisky.

— Tu veux un verre ? demanda-t-il en désignant la carafe en cristal.

Elle se mordit la lèvre, lui rappelant au passage combien sa bouche lui avait paru exquise, et le surprit en hochant la tête.

— Être respectueux des usages ne veut pas dire être un paillasson.

Elle s'avança vers lui, faisant attention de ne pas lui toucher les doigts en prenant le verre qu'il lui tendait. Il lui adressa un petit sourire moqueur, devinant son désarroi, et elle redressa le menton d'un air belliqueux.

— Non pas que je m'attende à ce que tu comprennes.

— Je comprends parfaitement, dit-il sèchement. Je n'y adhère pas, c'est tout.

— Eh bien, tu as de la chance. Je n'ai pas ce choix.

Il fit tinter les glaçons dans son verre, s'interrogeant. Que trouvait-il de si captivant en elle ? Parce qu'il la trouvait vraiment captivante – de la façon dont elle se déplaçait à sa voix aux inflexions si mélodieuses, sans oublier ses formes si féminines. Elle devait prendre la vie bien trop au sérieux, devina-t-il, et pour une raison étrange, il voulait changer cela.

— Tu es une femme intelligente et ravissante, dit-il en l'observant de près. Et une future reine, de surcroît. Est-ce vraiment difficile pour toi de trouver un mari ?

— Absolument pas, concéda-t-elle. Mais trouver le *bon* mari est très difficile.

— Et quel serait pour toi le mari idéal ?

— Je cherche quelqu'un de gentil, de bienveillant et d'attentionné, dit-elle en buvant une gorgée de whisky, et elle frémit quand l'alcool lui brûla la gorge. Quelqu'un que je respecte et qui partage mes vues.

— Tu ne veux pas un homme qui ait le sens de l'humour ?

Elle fronça les sourcils.

— Ça entre dans la rubrique « qui partage mes vues ».

— Donc pas de sens de l'humour, dit-il, souriant lorsqu'il la vit écarquiller les yeux. Et qu'en est-il de l'amour ?

— J'ai le sens de l'humour, répondit-elle, choquée. Et l'amour n'est pas essentiel.

Abasourdi, il la dévisagea.

— Je crois que tu es la première femme à admettre une chose pareille.

— L'amour complique les choses et, au fond, qui sait si ça existe ? Je crois que ça a été inventé par les scénaristes et les auteurs-compositeurs pour gagner de l'argent.

— Et je me croyais cynique, dit-il, son sourire s'élargissant quand elle se rembrunit. C'était un compliment, tu sais. Mais que penses-tu de la passion ?

— Ce n'est pas essentiel. Je ne suis pas la personne la plus passionnée du monde, pour moi le respect est bien plus important.

Se demandant ce qui l'avait rebutée dans la passion quand son corps vibrait encore du souvenir de leurs baisers, il lui adressa un sourire sexy.

— Tu semblais pourtant très passionnée, il y a un instant.

Incapable de croiser son regard, elle s'assit sur le canapé.

— Ce n'était pas moi. Je ne suis pas comme ça… Bon, ajouta-t-elle, tu réfléchiras à ma proposition ? Je ne sais pas combien de temps mon père m'accordera avant de prendre sa décision, mais je suis assez désespérée, je dois dire.

— Je vois ça.

De fait, il était désolé de devoir refuser. Si la vie ne lui avait pas appris à rester à l'écart du mariage, il aurait peut-être pu étudier sa proposition. Mais le mariage était la plupart du temps synonyme de souffrance. Pourquoi se l'infliger délibérément – temporairement ou non ?

— Je suis vraiment désolé, princesse, mais je ne suis pas à ce point désespéré.

— Pas même pour améliorer les relations entre nos deux pays ?

Il cligna des yeux pour refouler ses mauvais souvenirs et se retrouva épinglé par deux magnifiques yeux verts dans lesquels il aurait facilement pu se noyer s'il ne faisait pas attention.

— Le problème avec cette partie de ton argumentation est que je me moque des relations entre nos deux nations.

Elle accusa le coup.

— Mais pourquoi donc ?

— Je vis à Londres depuis dix ans et je me tiens le plus possible à l'écart de tout ce qui a trait à Santara.

— Et pour améliorer ta réputation, alors ? Être fiancé à moi ferait cesser les commérages. Pour un temps, du moins.

La princesse Alexa était une vraie battante, ce qui le laissa admiratif. Il aimait ça – pas assez pour approuver son projet farfelu, mais assez pour apprécier sa compagnie.

— Qui a dit que je voulais que les commérages cessent ?

— Certaines des choses qu'on dit sur toi doivent sûrement te déranger, non ?

— Pas particulièrement.

— Comment cela se fait-il ? demanda-t-elle, étonnée, en fronçant les sourcils. Parce qu'elles sont vraies ?

Qu'avait-elle entendu sur lui ? Presque rien de ce que publiaient les journalistes n'était vrai, mais le nier n'aurait fait que renforcer leurs convictions, aussi préférait-il ne rien dire. Mais comme Alexa avait manifestement peu de considération pour son style de vie, il ne put s'empêcher de la taquiner.

— Seulement les pires.

Voyant ses joues s'empourprer, il eut presque envie de ravaler ses propos pour qu'elle ait une meilleure opinion de lui. Mais à quoi bon ? Il avait déjà passé assez de temps à lui parler pour le seul plaisir d'entendre sa voix, en rajouter n'aurait fait qu'empirer les choses.

— Ta réponse est donc non ?

— Effectivement.

Elle soupira et posa son verre sur la table basse.

— Il n'y a donc plus rien à ajouter.

Il y avait au contraire beaucoup à ajouter, en commençant par découvrir la chambre qui lui avait été allouée. Il pourrait ainsi revivre ce baiser dont les sensations coulaient encore dans ses veines.

— Que vas-tu faire maintenant ? se contenta-t-il de dire.

Elle redressa le menton et lui adressa un regard hautain.

— Trouver quelqu'un d'autre, bien entendu.

Trouver quelqu'un d'autre ?

En sortant de sa douche le lendemain matin, Rafe jeta un regard noir à son reflet dans le miroir.

Combien d'hommes se proposait-elle d'approcher avec sa proposition absurde ? Et, plus important encore, avait-elle trouvé quelqu'un la veille au soir qui avait accepté son offre ?

Il ne voulait pas y penser mais comment s'ôter cette possibilité de l'esprit ? Après qu'elle l'avait quitté brutalement, il avait passé encore une heure au bal, à essayer en vain de la retrouver. Pensant qu'elle avait dû aller se coucher, il avait fait la même chose et, comme de bien entendu, avait pensé à elle toute la nuit. Même s'il n'avait aucune intention d'accepter son offre, il se doutait que quelqu'un le ferait tôt ou tard. Quel homme sensé aurait refusé une telle aubaine ?

Il laissa tomber sa serviette au sol et retourna s'habiller dans sa chambre. Il avait pourtant rejeté sa proposition, n'est-ce pas ? Et il était sensé.

Certes, mais lui était sensé et *futé*. Suffisamment pour savoir que les problèmes d'Alexa ne le concernaient pas et qu'il devait l'oublier. Maintenant.

Son jet privé l'attendait pour le ramener à Londres et il avait prévu de descendre boire un café, de féliciter encore une fois sa belle-sœur pour sa grossesse et de saluer son frère et sa sœur.

En revanche, il ne penserait plus à la séduisante Alexa.

Heureux d'avoir pris sa décision, il enfila une chemise propre, son jean et ses bottes.

Les femmes n'auraient pas dû demander en mariage des hommes qu'elles connaissaient à peine. Et encore moins les futures reines qui ressemblaient à des top models. Alexa cherchait les ennuis. Mais cela ne le concernait en rien.

Et pourquoi pensait-il de nouveau à elle ? Certes, elle avait réussi à le surprendre, ce qui était à la portée de bien peu de monde. Et alors ? Au final, ce n'était qu'une jeune femme ravissante qu'il aurait aimé entraîner au lit. Et elle aussi, vu la façon dont elle avait vibré dans ses bras et répondu à ses caresses… Serrant les dents, il ferma son sac de voyage. Cette femme avait éliminé toute pensée rationnelle de son esprit et l'avait gardé éveillé une bonne partie de la nuit.

Ce n'était pas seulement l'alchimie sexuelle qui l'avait empêché de dormir, mais l'énigme qu'elle représentait. Dans ses bras, elle s'était embrasée, puis avait soutenu ne pas être d'une nature passionnée, et considérer le désir qu'ils éprouvaient l'un pour l'autre comme une anomalie. Et que penser de sa conviction que l'amour n'existait probablement pas ? Quelqu'un ou quelque chose avait dû lui mettre cette idée en tête et il aurait aimé savoir qui ou quoi. Même s'il pensait comme elle. Il ne croyait pas en l'amour, mais quelque chose dans la façon dont elle l'avait dit le laissait croire qu'elle mentait ou se mentait à elle-même. Et pourtant, elle semblait si honnête… si sincère…

Les sourcils froncés, il saisit son téléphone. Il était temps d'oublier Alexa et de passer à autre chose. Penser à elle ne servait à rien, au final. Il ne comptait pas la séduire – pas avec ses idées de mariage —, d'autant qu'elle était l'ex-fiancée de son frère. Submergé par une soudaine bouffée de jalousie, sentiment qu'il n'avait encore jamais ressenti pour son frère, Rafe faillit trouer la poche de sa veste en y enfonçant son téléphone. Il ne partageait pas ses conquêtes. Jamais.

Et depuis quand considérait-il une femme comme la sienne après un baiser ?

Laissant cette question ridicule sans réponse, il claqua la porte de sa chambre et descendit dans la salle à manger. Il devait boire un café avant que son humeur se dégrade encore plus. Refusant de se demander s'il allait rencontrer la séduisante Alexa, il se rua sur son portable comme sur une bouée de sauvetage quand celui-ci sonna, et il faillit percuter Jag qui débouchait du couloir. Rafe raccrocha dès qu'il vit l'expression lasse et tendue de son frère.

— Que se passe-t-il ? Un souci avec Regan ?

Rafe n'avait peut-être plus beaucoup de liens avec son frère mais il était encore capable de lire sur son visage. Quel événement aurait pu lui donner cet air lugubre, à part un problème avec sa femme, ou une guerre ?

— Non, Regan va bien. Je sors d'une réunion avec le roi Ronan et la princesse Alexa.

Rafe se sentit aussitôt nerveux.

— Ils n'ont pas déclaré la guerre, j'espère ?

— Pas encore, répondit Jag en se rembrunissant. Mais hier soir, une bombe incendiaire a été lancée sur un chantier près de la frontière, en signe de protestation contre la présence du roi Ronan et de la princesse Alexa à notre bal de charité. Deux de nos ouvriers ont été blessés.

— C'est insensé. Pourquoi le roi a-t-il assisté au bal, si les choses sont si volatiles ?

— Nous pensions faire une démonstration d'unité entre nos deux pays mais le peuple du Bérénia ne l'a pas vu ainsi, et il considère mon refus d'épouser leur princesse comme la pire des insultes… Je suis désolé de t'accabler avec mes soucis, fit-il avec un sourire las. C'était bon de te revoir, c'est dommage qu'on ne puisse pas se voir plus souvent. Je sais que Regan aimerait bien, et moi aussi.

La gorge serrée, Rafe déglutit. Il adorait son frère et sa sœur mais il n'était pas comme eux ; il était un solitaire. Il n'avait pas besoin des attaches et du degré d'intimité qui poussaient les autres à tisser des liens indissolubles. Il n'avait pas besoin d'avoir quelqu'un de spécial à ses côtés, ce que ni Jag ni Milena ne semblaient comprendre.

— Concentrons-nous sur une chose à la fois. Que puis-je faire pour aider à régler le problème du Bérénia ?

La proposition d'Alexa lui revint en mémoire, mais il la refoula aussitôt.

— Je croyais que tu devais rentrer à Londres ?

— Oui, mais si je peux t'aider en quoi que ce soit pendant que je suis ici, je le ferai. Je ne suis pas obtus, je vois bien que tu te fais beaucoup de soucis.

Il ne s'attendait évidemment pas à ce que Jag ait besoin de lui. Cela n'était jamais arrivé du temps de son père, qui se tournait toujours vers Jag pour régler les soucis importants, Rafe étant relégué aux tâches subalternes.

— J'apprécie ton offre, mais comme je viens de te le dire, je sors d'une réunion avec le roi et la princesse. Nous sommes convenu d'une réponse qui devrait calmer les tensions.

Rafe avait le sentiment qu'il n'allait pas aimer la réponse.

— Qu'est-ce qui a été décidé ?

— La princesse Alexa a accepté de s'unir avec Lord Alec Richton. La date du mariage n'est pas encore fixée, je crois, mais l'annonce officielle sera faite en fin de semaine.

Rafe se figea.

— Tu te moques de moi ?

— Non, pourquoi ferais-je une chose pareille ?

— Parce que c'est barbare ! Comment peux-tu permettre qu'Alexa soit traitée comme un vulgaire paquet qu'on passe de mains en mains ?

Jag se rembrunit devant son ton sévère.

— Ce n'est pas vraiment ce qui se passe ici.

— Vraiment ? Vous avez pourtant été fiancés.

— Lorsque le roi Ronan m'a approché, l'année dernière, je lui ai dit que je réfléchirais à sa proposition, répondit Jag d'un ton posé. Rien n'était décidé et ça n'aurait jamais dû être rendu public.

— Et maintenant c'est le tour de Richton, jura Rafe à mi-voix. Et s'il change d'avis ? Ronan et toi avez quelqu'un d'autre à proposer ?

— Quelqu'un d'autre ? fit Jag, le regard soudain perçant. C'est le genre de question que poserait un amant jaloux.

— Sûrement pas.

Incapable de supporter le regard scrutateur de son frère, Rafe se mit à déambuler.

— Richton ne changera pas d'avis, dit Jag. Cela fait des mois qu'il est en pourparlers avec le roi Ronan. Indépendamment de cela, la princesse est une jeune femme incroyablement séduisante, intelligente, et la plupart des hommes sauteraient sur l'occasion.

Rafe le savait très bien et entendre son frère l'énoncer ne fit que renforcer sa tristesse.

— Et *elle*, que veut-elle ?

Jag soupira.

— Je ne comprends pas ce qui te met dans cet état, mais sache qu'elle a accepté. Nous voulons tous faire cesser les hostilités entre nos nations. Si le mariage d'Alexa peut promouvoir la paix, alors je suis tout à fait pour. Allons, Rafa. Les mariages arrangés existent depuis toujours, tu le sais bien. Ils ont fonctionné dans le passé et il n'y a pas de raison pour que cela ne continue pas à l'avenir.

Trop agité pour poursuivre la conversation, Rafe se dirigea vers la porte.

— Nous verrons, dit-il en la claquant derrière lui.

Rafe trouva Alexa dans la salle à manger, discutant avec un invité qui avait également passé la nuit au palais. L'odeur du café le fit saliver, mais il passa sans s'arrêter devant la cafetière en argent et se dirigea vers Alexa.

Comme il s'approchait d'elle, il s'aperçut qu'elle parlait à Lord Graham, le fils d'un comte anglais. Avait-il lui aussi été un autre de ses candidats potentiels ?

Non pas que cela ait désormais la moindre importance.

— Princesse Alexa ? dit-il en s'arrêtant devant elle, ignorant Lord Graham. Nous devons parler.

Manifestement étonnée devant son ton abrupt, elle écarquilla ses yeux verts.

— Votre Altesse ?

— Je t'ai dit hier soir de m'appeler Rafe. J'utilise rarement mon titre.

— Prince Rafaele…, intervint Lord Graham en fronçant les sourcils. La princesse Alexa et moi sommes en pleine…

— Absolument pas, coupa Rafe en le fusillant du regard.

Il savait qu'il pouvait se montrer intimidant ; il possédait des night-clubs et avait souvent été appelé à jeter des clients ivres dehors, il ne fut donc pas surpris que l'homme semble hésiter.

— La princesse et moi avons… quelque chose à régler.

Loin d'être aussi intimidée par lui que Lord Graham, Alexa fronça les sourcils.

— Ah oui ? Quoi donc ?

Peu désireux de s'expliquer devant une salle entière, Rafe leva un sourcil.

— Tu as oublié la proposition que tu m'as faite hier soir ? Peut-être étais-tu ivre, malgré tout ?

— Pas du tout ! répondit-elle, offusquée.

— Alors, tu as oublié, dit-il en reportant son attention sur Lord Graham qui n'avait pas bougé. Et, à moins que tu ne souhaites que Lord Graham partage notre conversation, je suggère que nous nous rendions dans un endroit privé.

Manifestement peu impressionnée par ses méthodes autoritaires, Alexa redressa le menton.

— Très bien. Veuillez m'excuser, Lord Graham. Le prince Rafaele souffre manifestement d'une idée fixe.

Une idée fixe ?

Rafe secoua la tête et prit le bras d'Alexa, l'entraînant vers une petite terrasse qui par chance était vide.

— Tu n'es pas obligée de te montrer gentille avec tout le monde, tu sais. Graham survivra un moment sans ta présence.

— Lâche-moi, répondit-elle en le fusillant du regard. Je ne suis pas un cheval que tu peux mener où bon te semble. Ni toit ni personne.

Elle le frôla en passant devant lui, et l'odeur entêtante de son parfum fit monter une douce chaleur en lui.

Agacé d'être attiré par une femme qui n'essayait même pas de gagner ses faveurs, il soutint son regard glacial.

— Il faut croire que c'est faux.

— Qu'est-ce que cela veut dire ?

— Je viens de parler à mon frère qui m'a informé de tes imminentes fiançailles avec Lord Richton, dit-il.

— Il n'avait pas le droit de faire ça.

— Pourquoi pas ? Il n'a rien révélé que je n'aurais su d'ici une semaine ou deux, de toute façon.

— Tu sais donc pourquoi nous avons pris cette décision.

— Parce qu'un groupe de Béréniens exaltés est allé trop loin ? Oui, je suis au courant. Avez-vous pensé à appeler l'armée pour vous défendre ?

— Quelle bonne idée ! répondit-elle, sarcastique. Cela ne ferait qu'empirer les choses et donnerait au FLB l'excuse de lancer une guerre. Peut-être pourrais-tu aussi envoyer quelques-uns de tes videurs nous prêter main-forte ?

— En tout cas, cela paraît mieux que d'épouser quelqu'un dans l'espoir d'obtenir un résultat plus qu'incertain.

Elle plissa les yeux devant son commentaire désobligeant.

— La diplomatie est toujours préférable à la force.

Il n'était pas de cet avis.

— J'imagine que ce ne sera pas un mariage blanc, dit-il, luttant pour conserver son calme.

— Non, admit-elle, regardant par la fenêtre l'immense étendue de pelouse verte entourée de buissons de gardénia.

— C'est ce que tu veux ? Épouser Richton ? demanda-t-il d'une voix rendue rauque par la colère.

Elle lui jeta un regard furibond.

— Tu sais parfaitement que non.

— Mais tu le feras quand même ?

— Pour le bien de mon pays, oui, répondit-elle en redressant le menton d'un air de défi.

— La petite souris obéissante.

À ces mots, la colère irradia dans les prunelles d'Alexa. Mais à quoi s'attendait-elle donc ?

— Je ne suis pas plus une petite souris qu'un paillasson.

— Tu te proposes de faire quelque chose contre ton gré ; je dirais que tu es l'une ou l'autre.

— Parfois des sacrifices doivent être faits, répondit-elle avec hauteur. Et qu'est-ce que cela peut te faire ?

— Je n'aime pas l'injustice. Et je sais ce que c'est, d'être pris au piège par les circonstances.

— Tu essayes donc de m'aider ? Très chevaleresque de ta part, se moqua-t-elle gentiment. Hélas, je n'ai pas le choix. Je dois me marier à un moment ou à un autre. Autant que ce soit avec Lord Richton.

Qu'elle soit si calme, si pondérée, rendit Rafe fou de rage.

— Richton peut sembler être un citoyen respectable, mais des rumeurs laissent entendre qu'il a un côté sombre qu'il est préférable de ne pas connaître.

— Comment le sais-tu ?

— Parce qu'il a été mis sur liste noire et exclu d'au moins sept night-clubs, dont les miens.

Elle fit une grimace et secoua la tête.

— Je préfère ne pas savoir.

— Bon sang ! Cesse de te comporter en martyre, Alexa, s'écria-t-il en la serrant de près.

— Eh bien, que de noms tu as pour moi ! répondit-elle, railleuse.

Oui, il en avait beaucoup, dont « ravissante », parmi d'autres.

— Mon frère est mort il y a trois ans, fit-elle d'une voix soudain voilée de tristesse, nous laissant tous dévastés et moi seule héritière du trône. Si on y ajoute les soucis que nous rencontrons actuellement avec Santara, combinés avec la corruption que mon père vient d'éliminer au sein du gouvernement et qui a retardé nos plans de modernisation, donnant ainsi au FLB encore plus de raisons de se plaindre, tu peux comprendre que quelque chose doit être fait. Et vite.

— Je suis désolé que tu aies perdu ton frère et que tu doives faire face à des défis politiques, mais cela ne veut pas dire que tu dois laisser tomber.

— Je n'abandonne pas ! répondit-elle avec véhémence. Je capitule. C'est différent.

— Je ne suis pas d'accord.

— Aucune importance. Et je suis désolée, mais le fait de t'avoir demandé de m'épouser hier soir ne te donne pas le droit de m'interroger ainsi. Avec le recul, je me rends compte que mon idée de fiançailles factices était une erreur. Cela n'aurait sans doute pas marché, d'ailleurs. Je cherchais désespérément une solution, mais ce n'est plus nécessaire, désormais. Si, en épousant Lord Richton, je peux atténuer la tension politique entre nos deux pays et éviter un regain de violence, alors je considérerai cela comme une victoire.

Elle déglutit. Elle essayait de faire bonne figure, pourtant il était prêt à parier que cette perspective ne l'enchantait pas. Mais elle était trop gentille pour le dire et exiger son dû. Et cela le gênait. Presque autant que l'idée de Lord Richton posant ses mains – et sa bouche – sur elle.

— As-tu seulement rencontré Richton ?

— Bien entendu.

— Tu l'as embrassé ?

— Ce ne sont pas tes affaires !

Elle était clairement outrée par sa question, ce en quoi elle avait raison ; d'ailleurs, ce comportement outrancier ne lui ressemblait pas. Il s'était toujours fixé pour règle de ne pas avoir de liaison avec des femmes qui désiraient se marier – temporairement ou non. Alors avec des princesses venant de pays hostiles…

Pourtant, l'imaginer mariée avec un homme autre que lui, alors qu'elle l'avait embrassé passionnément la veille, lui laissait un goût amer dans la bouche. Et ça, c'était étrange en soi. Il avait embrassé et fait l'amour à quantité de femmes sans jamais penser à ce qu'elles deviendraient. L'idée ne lui avait jusqu'à présent jamais traversé l'esprit.

Mais jamais il n'avait encore été autant attiré par une femme qu'il l'était par Alexa – situation qu'il n'était pas certain de savoir gérer, car il la désirait toujours. Il voulait la prendre dans ses bras, la plaquer contre le mur, bref, la mettre au défi d'ignorer l'alchimie sexuelle qui pulsait entre eux.

— J'en fais mon affaire, répondit-il d'un ton ferme.

— Tu ne peux pas, dit-elle, les yeux ronds.

Elle fit mine de passer à côté de lui et le frôla de son corps frêle, faisant aussitôt exploser le désir entre eux. Rafe prit conscience qu'elle aurait mis plus de distance entre eux si elle ne s'était pas trouvée coincée entre lui et la table.

— Les mariages arrangés existent depuis toujours dans cette partie du monde, dit-elle d'un ton irrité. C'est une tradition.

— Mon frère dit la même chose. Mais je suis un anti-traditionaliste, sauf si les deux parties sont d'accord.

— Tout le monde n'a pas cette liberté. De plus, j'ai des obligations à respecter.

— Des obligations qui vont te pousser dans une situation plus difficile qu'elle ne l'est actuellement.

— C'est ton opinion, pas la mienne. Une opinion que tu n'as aucun droit de me donner, d'ailleurs, puisque tu as décliné mon offre hier soir.

— Et l'alchimie entre nous ?

Il ne se rendit compte qu'il s'était rapproché d'elle que lorsqu'elle s'écarta à nouveau de lui. Agacé, il tendit la main et lui saisit le poignet – délicat et si petit. L'excitation le saisit au souvenir de ce qu'il avait ressenti lorsqu'elle était dans ses bras et qu'elle avait planté ses ongles dans ses épaules. Comme il aurait aimé ressentir cela de nouveau… mais sur sa peau nue.

— Tu comptes prétendre qu'elle n'a jamais existé et que tu n'as pas rêvé de moi cette nuit ?

Elle lâcha le souffle qu'elle retenait.

— Je n'ai pas rêvé de toi cette nuit.

— Eh bien, moi si.

Ses yeux s'agrandirent devant cet aveu.

— Que veux-tu que je fasse ? demanda-t-elle.

Elle lui lança un regard méfiant ; et elle avait bien raison, compte tenu des pensées qui lui traversaient l'esprit. Dommage qu'il ne puisse céder à aucune d'entre elles.

— Je veux que tu te battes pour ce que tu veux.

Et il le pensait. Être obéissante était une chose, être stupide en était une autre.

Elle balaya ses propos d'un geste de la main.

— Parfois, le seul moyen de gagner est de battre en retraite. C'est de la stratégie.

— C'est de l'absurdité.

— Pour toi, peut-être. Personnellement, je considère cela comme mon devoir. Mais je ne comprends toujours pas pourquoi tout ceci t'intéresse autant. À part pour jouer les preux chevaliers.

— Je ne joue pas les preux chevaliers, répondit-il en grommelant.

Il l'avait fait enfant, il s'était mis entre ses parents durant leurs violentes disputes, pour protéger sa mère des foudres de son père. Aucun d'eux n'avait apprécié ses gestes de conciliation – son père le prenait pour un enfant insubordonné et sa mère était trop empêtrée dans sa propre souffrance pour remarquer la sienne.

Le souvenir lui rappela la raison pour laquelle il restait à distance des problèmes affectifs.

— Et tu as raison. Ça ne me regarde pas. Si tu veux épouser Richton et être malheureuse, libre à toi.

— Je n'ai pas dit que c'était ce que je *voulais*.

— Alors, que veux-tu ?

Empli d'émotions dont il n'avait pas l'habitude, il serra les dents. Elle dut percevoir son état de tension, car son regard se posa sur sa bouche et elle sortit la langue pour s'humecter les lèvres. La tension entre eux devint explosive. Le pouls à la base du cou d'Alexa palpitait et ses yeux s'agrandirent comme si elle sentait le danger.

Mais elle demeura parfaitement immobile, le corps tendu, comme si elle attendait quelque chose. Comme si elle *voulait* quelque chose…

Surtout ne pas la toucher. Mais c'était peine perdue. Il ne devait pas le faire. Il ne devait pas tendre le bras et la toucher. Mais comment s'en empêcher ?

— Ah, et puis tant pis.

Sans réfléchir plus avant, sans tenir compte des éventuelles conséquences de ses actes, il inclina la tête et pressa les lèvres contre les siennes. Si elle avait montré le moindre signe de résistance ou d'hésitation, il aurait peut-être arrêté, mais elle n'en fit rien. Elle poussa au contraire un petit soupir, noua les bras autour de son cou et l'attira à elle.

C'était ce dont il avait rêvé au réveil, le matin même. La douce sensation de ses lèvres sur les siennes, de ses courbes féminines pressées contre son corps dur.

Quand elle glissa les doigts dans ses cheveux, enroulant la langue autour de la sienne, tandis qu'elle le goûtait à son tour timidement, le désir le terrassa. Lui enserrant la nuque des mains, il approfondit son baiser. Il semblait ne jamais pouvoir se lasser d'elle, de sa saveur, de ses caresses. Il en voulait plus, il voulait…

— Que diable se passe-t-il ici ?

La voix profonde qui tempêtait derrière Alexa était celle de son père, Rafe le sut immédiatement. Tout comme elle, d'ailleurs, vu la façon dont elle se raidit.

Il jura intérieurement. Jamais auparavant il n'avait ainsi laissé libre cours à ses sens, au point d'oublier où il se trouvait. Levant les yeux, il croisa le regard furibond du père d'Alexa, et, derrière, celui choqué et incrédule de son frère.

— Dis-moi que ce n'est pas aussi terrible que je le pense, dit Alexa d'un ton suppliant en levant les yeux vers lui.

— C'est pire, répondit-il dans un souffle en soutenant le regard de son père.

— Eh bien, comptez-vous rester là et m'ignorer ? rugit le roi. Je veux savoir ce qui se passe ici. Alexa, explique-toi.

Redressant les épaules, elle passa la langue sur ses lèvres enflées et affronta la fureur de son père.

— Papa… Votre Majesté…, commença-t-elle, rougissant de plus belle lorsqu'elle croisa le regard de Jag. J'étais… Je veux dire, nous étions…

— Nous célébrions quelque chose, intervint Rafe, sachant qu'il n'y avait qu'une façon de sortir de cet imbroglio.

— Vraiment ? répondit le roi Ronan, le visage sombre.

— Rafe…

Le regard inquiet d'Alexa croisa le sien, comme si elle avait déjà deviné ce qu'il allait dire, mais il l'ignora.

Lui prenant la main, il la porta à ses lèvres.

— Oui, confirma-t-il. Alexa et moi étions en train de célébrer nos fiançailles.

4.

— Vos fiançailles ?

La voix de son père témoignait d'une telle incrédulité qu'Alexa devina ses pensées – cet homme ne ferait jamais l'affaire comme époux pour sa fille. Seul le rang princier de Rafe l'empêcha de témoigner d'un mépris total.

— C'est exact, répondit Rafe d'une voix traînante.

— Est-ce vrai, Alexa ? tonna son père. As-tu accepté la demande en mariage du prince Rafaele ?

Non, aurait-elle voulu répondre. C'était *elle* qui avait fait la demande et *lui* avait refusé. Cela mis à part, comment était-elle censée répondre de façon diplomatique à cette question ? Un déni catégorique était exclu car elle avait été surprise dans les bras de Rafe, mais accepter sa demande en mariage paraissait tout aussi problématique.

Fort heureusement, son père était trop en colère pour se rendre compte qu'elle avait du mal à trouver une réponse, et il n'avait de toute façon pas la patience d'en attendre une.

— Alors que nous étions d'accord ce matin pour que tu épouses Lord Richton ?

Seigneur ! Lord Richton. Elle l'avait totalement oublié. Si la terre avait pu s'ouvrir et l'engloutir, elle en aurait été ravie.

— Lord Richton n'entre plus en ligne de compte, déclara le prince, son corps viril tendu comme un arc.

Alexa fronça les sourcils devant sa manière de prendre le contrôle de la conversation… Comme s'il en avait le droit.

Un mouvement furtif attira son attention et, à son grand désarroi, elle constata qu'ils n'étaient plus seuls. Quelques invités du roi étaient sortis sur la terrasse pour admirer les magnifiques jardins.

— Nous devrions peut-être poursuivre cette conversation à l'intérieur, suggéra le roi Jaeger. La terrasse n'est guère le lieu pour discuter d'un sujet d'une telle ampleur.

Son père sembla vouloir protester, mais acquiesça d'un bref signe de tête.

Alexa reprit son souffle. Rafe posa la main dans le creux de son dos, déclenchant une vague de sensations en elle.

— Après toi, dit-il poliment.

Emboîtant le pas à son père et au roi Jaeger, elle leva les yeux vers Rafe.

— Pourquoi leur as-tu dit que nous étions fiancés ?

— Parce que je ne pouvais pas vraiment dire à ton père que je voulais coucher avec toi. Je tiens à ma vie, fit-il comme si cela expliquait tout.

Pas suffisamment, fulmina-t-elle intérieurement devant sa réponse cavalière.

— Ce n'est pas parce que je t'ai embrassé que je veux coucher avec toi, répondit-elle.

Pourtant, la question la taraudait. Aurait-elle eu la volonté de le repousser si la situation s'était présentée ?

— Toutes mes excuses, princesse. J'ai pensé que tu ne voudrais pas plus que moi d'un scandale, et c'est toi qui m'as demandé de t'épouser. N'était-ce pas ce que tu voulais ?

Oui, la veille au soir. Et avant qu'il l'embrasse et fasse naître en elle des sensations qu'elle aurait préféré ne pas connaître.

Elle remercia d'un bref signe de tête le roi Jaeger qui lui tenait la porte ouverte et entra à contrecœur à la suite de son père, Rafe sur ses talons. Il était si près d'elle qu'elle sentait la chaleur de son corps à travers ses vêtements.

Au moins comprenait-elle son raisonnement, désormais. Il avait promis à son frère de ne pas créer de scandale et avait donc improvisé en reprenant sa proposition de mariage à son compte. Elle aurait dû être contente, puisque c'était *son* idée.

Mais son objectif avait été de prendre sa vie en main, et elle avait désormais le sentiment d'en perdre le contrôle.

Pressentant un début de mal de tête, elle pressa les doigts contre sa tempe. Elle n'avait désormais pas d'autre choix que d'accepter la proposition de Rafe car il avait raison, elle ne voulait pas épouser Lord Richton, et de fausses fiançailles étaient toujours une solution préférable.

Le roi Jaeger proposa un fauteuil à son père, que celui-ci, préférant rester debout les bras croisés, refusa.

Rafe se planta au milieu de la pièce et fit face à son frère. Ne voulant pas être la seule à s'asseoir, Alexa choisit de rester debout à côté de lui, même si ses jambes semblaient à peine capables de supporter son poids.

— Maintenant que nous sommes tous réunis, dit le roi Jaeger d'un ton résigné, quelqu'un pourrait-il m'expliquer ce qui se passe ?

— Il n'y a rien à expliquer, répondit Rafe. Alexa et moi avons la même attirance l'un pour l'autre et nous avons décidé de pousser les choses plus loin.

Se demandant pourquoi il n'évoquait pas les avantages politiques de leur union, Alexa lui fut cependant reconnaissante de ne pas révéler la façon dont elle l'avait approché la veille.

— Quand avez-vous décidé tout cela ? demanda son père d'un air méfiant.

— Nous en avons parlé hier soir, répondit Rafe en lui jetant un regard brûlant, qui lui fit comprendre exactement à quelle partie de la nuit il pensait.

— Si vous en avez parlé hier soir…, dit son père en la dévisageant d'un regard perçant, pourquoi as-tu accepté d'épouser Lord Richton ce matin, Alexa ?

— Hier soir, je me suis dégonflé, ce qui a mis Alexa dans une position délicate, dit Rafe en lui nouant un bras autour de la taille. Mais après avoir réfléchi, je sais ce que je veux. Pourrait-on avoir du café ? J'ai très soif.

— Je parlais à ma fille, répondit sèchement le roi Ronan. Alexa est parfaitement capable de répondre elle-même.

Oui, mais sa réponse n'aurait, et de loin, pas été aussi

éloquente. Le prince avait une admirable manière d'en dire tellement et si peu en même temps.

— Ce que dit le prince Rafaele est exact, dit-elle, essayant d'ignorer la douce chaleur de la main de Rafe sur sa hanche. Nous en avons effectivement parlé hier soir et je… j'ai encore un peu de mal à me faire à cette idée.

Elle regarda le prince d'un air paniqué, espérant que le roi Jaeger avait effectivement demandé du café… ou peut-être même quelque chose de plus fort.

— Parfois un homme ne sait pas ce qui est important pour lui jusqu'à ce qu'on s'apprête à le lui retirer, dit le prince Rafaele avec un sourire indulgent. Lorsque Alexa m'a informé de votre projet de la marier avec Lord Richton, je n'ai pas pu laisser une telle chose se produire. Si Alexa vient à épouser quelqu'un, ce sera moi.

Alexa déglutit. Il avait employé un ton tellement possessif. Qu'aurait-ce été s'il avait vraiment été sincère et voulu l'épouser pour de bon ? Et pourquoi donc cette pensée lui avait-elle traversé l'esprit ? Elle ne cherchait pas une histoire d'amour, et quand bien même il embrassait à merveille, le prince n'était pas du tout le mari qu'il lui fallait.

— Tout ceci est très surprenant, dit le roi Jaeger. Je propose que nous prenions le temps de réfléchir ; convenons d'un rendez-vous la semaine prochaine pour…

— Non, coupa son père. Si votre frère veut épouser ma fille, le mariage aura lieu à la fin du mois.

Dans trois semaines !

Les propos de son père jetèrent un froid dans la petite pièce. Alexa s'éclaircit la gorge. Tout ceci était censé n'être qu'un engagement provisoire, pas un véritable mariage.

— Ce n'est pas possible, dit-elle d'une voix étranglée.

— Il ne s'agit pas d'un jeu, Alexa, coupa sèchement son père. De son propre aveu, le prince Rafaele a déjà voulu faire machine arrière et je n'accepterai pas qu'un autre membre de la famille royale de Santara te ridiculise en changeant d'avis à la dernière minute.

Là-dessus, il se tourna vers le prince.

— Si vous voulez épouser ma fille, ce sont mes conditions.

Alexa, qui s'attendait à ce que Rafe quitte la pièce en courant, ne fut guère surprise quand il secoua la tête.

— Impossible. Je préside l'ouverture d'un de mes night-clubs ce week-end-là.

— Tu vois bien, dit Alexa avec un soupir de soulagement. Pourquoi ne… ?

— Le week-end précédent alors, décréta son père.

Elle sentit Rafe se figer à côté d'elle. Son père ne bougea pas non plus d'un cran mais releva le menton. Il ne changerait pas d'avis, elle le savait. Ils étaient comme deux prédateurs prêts à en découdre. Et c'était elle, l'enjeu de leur combat.

Décidant qu'elle devait faire quelque chose pour détendre l'atmosphère, Alexa fit un pas vers son père, mais Rafe la ramena fermement près de lui.

— Le délai est serré, murmura-t-il, mais qu'il en soit ainsi.

— Qu'il en soit ainsi ? *Qu'il en soit ainsi* ?

Après avoir convaincu son père qu'elle voulait être seule avec son *fiancé*, Alexa se campa devant Rafe.

— Tu es complètement fou ? Pourquoi lui as-tu dit ça ? Pourquoi as-tu accepté ses conditions ?

— Respire, princesse, sinon tu vas perdre connaissance.

Elle n'allait pas perdre connaissance. Elle allait…

Elle agrippa le bord du canapé et s'affala sur les coussins moelleux. Elle allait perdre connaissance.

— Tiens, bois ça, dit le prince en lui mettant dans les mains un verre d'un liquide ambré.

— Il est trop tôt pour boire de l'alcool.

— Si tu n'en veux pas, donne-le-moi.

— Je t'en prie. Je suis bien trop bouleversée pour boire.

— Pourquoi es-tu si bouleversée ? C'est pourtant toi qui insistais pour que je t'épouse.

— Je voulais que tu acceptes de fausses fiançailles, pas un vrai mariage.

— Et pourquoi donc ? demanda-t-il d'un ton glacial. Tu n'étais pas surprise d'apprendre que ton père désapprouvait initialement notre union. N'était-ce qu'un acte de rébellion de ta part ? La parfaite petite princesse gâtée qui se rebelle contre l'autorité en se fiançant avec le prince rebelle ?

— Non !

Il lui lança un regard moqueur.

— Ton visage te trahit, princesse. Ne joue jamais au poker, tu perdrais à tous les coups.

— Bon, d'accord, admit-elle. Peut-être que, d'une certaine façon, je me rebellais un peu, mais pas parce que je suis parfaite ou gâtée, loin de là. Je ne souhaite pas me marier pour le moment et, sachant que mon père ne te considérait pas comme un bon parti, je ne pensais pas qu'il nous pousserait dans cette voie comme il l'a fait.

— Eh bien, tu t'es trompée, dit-il en s'éloignant d'elle pour regarder par la fenêtre. Il semblerait que le mauvais frère soit aussi bien pour sa fille que le bon.

Elle fronça les sourcils.

— Tu parles du roi Jaeger ?

Il fit volte-face et la dévisagea en levant un sourcil.

— Je n'ai qu'un seul frère.

— Je… Je n'ai jamais fait de comparaison entre vous.

— Comme je te l'ai dit, ne joue jamais au poker.

— D'accord, concéda-t-elle à nouveau. Mais tu ne peux pas nier que vous êtes totalement différents l'un de l'autre. Tu n'es pas plus intéressé par le devoir et l'engagement envers ton pays que par la politique de Santara. Franchement, ta façon de vivre m'est totalement étrangère.

— Parce qu'elle est fondée sur le plaisir ?

— Parce qu'elle est hédoniste, répondit-elle, rougissant lorsqu'il leva un sourcil moqueur. Tu fais ce que tu veux, quand tu le veux. Tu vis selon tes propres règles et je ne connais personne qui agisse ainsi. Franchement, je t'envie.

Il se tut un instant. Puis il soupira et glissa la main dans ses cheveux trop longs. Alexa essaya en vain de ne pas se souvenir de leur texture épaisse et soyeuse. Son regard se posa sur ses joues mal rasées et ses lèvres pleines et sensuelles. Soudain consciente qu'il la scrutait lui aussi, elle s'obligea à affronter sereinement son regard, même si intérieurement elle tremblait.

— Eh bien, quelle que soit la façon dont nous en sommes arrivés là, ton père nous a mis tous les deux échec et mat.

— Effectivement, répondit-elle en se levant, l'esprit en plein tumulte. À nous maintenant de remédier à la situation.

Mais elle n'avait pas la moindre idée de la manière de s'y prendre. Son père était plus têtu qu'une mule quand il avait pris une décision.

— C'est impossible, dit Rafe d'une voix posée. En tout cas pas sans susciter la colère et mettre dans l'embarras nos deux rois.

Se sentant piégée, elle prit d'un geste absent le verre qu'il tenait à la main et en but une gorgée avant de le lui rendre en grimaçant.

— Que faisons-nous maintenant ?

— Nous faisons ce que veut ton père. Nous nous marions. Cela apaisera ton père et aidera ton pays et, si tu as vu juste, la violence entre nos deux nations cessera. De mon côté, cela me permettra de rembourser une dette que j'ai envers mon frère et j'allégerai son fardeau, dit-il, avant de finir le verre d'un trait et de le poser sur la table. Mais c'est tout. Tu continueras à vivre au Bérénia et moi, à Londres. À une date qui nous conviendra à tous les deux, nous mettrons un terme à ce mariage factice. Six mois devraient suffire.

Consternée, elle se mordit la lèvre.

— Je suis sûre qu'il y a moyen de sortir de cette situation.

— Si tu en trouves un, dis-le-moi.

— Crois-tu que six mois soient suffisants pour convaincre notre entourage de la véracité de notre amour ?

— Ce sera amplement suffisant. Mais si cela t'inquiète, regarde-moi avec adoration de temps à autre.

— Cela ne ferait que flatter ton ego.

— Je suis tout à fait pour.

Lorsqu'il posa les yeux sur ses lèvres, le désir flamba en elle. Elle n'avait qu'une idée en tête – l'embrasser – et, comme s'il devinait le cours de ses pensées, il la dévisagea, une lueur amusée dans ses prunelles sombres. Mal à l'aise et déconcertée par la puissance de sa réaction à sa présence, elle redressa la tête.

— On s'attendra à un moment ou à un autre à nous voir ensemble, tu sais.

— Peut-être, dit-il, mais nous ferons face à cette situation au moment voulu, d'accord ?

Si Alexa s'était demandé, au cours des deux dernières semaines, ce que le prince Rafaele pensait de leur mariage imminent, cette incertitude s'évanouit devant son expression maussade. Il était furieux.

Elle en aurait peut-être été consciente plus tôt si Rafe et elle n'avaient pas délégué les préparatifs du mariage à leurs assistants respectifs. Elle avait, en effet, préféré se jeter à corps perdu dans le travail et s'écrouler dans son lit le soir, trop fatiguée pour penser à quoi que ce soit, et encore moins au mariage. L'inconvénient était qu'elle n'avait pas vu le temps passer. Elle s'apprêtait donc à confier son avenir à un homme qu'elle connaissait à peine.

Un homme pour qui elle avait une attirance renversante.

La pensée déplacée pénétra son esprit et elle la refoula aussitôt. Durant ces deux semaines, elle avait tout fait pour oublier la façon dont il l'avait embrassée, touchée, et surtout la façon dont elle avait réagi à ses caresses, mais cela avait parfois échoué. En effet, ses rêves avaient plus d'une fois été si érotiques qu'elle s'était réveillée en nage, tous les sens en émoi.

Parce que le sexe avec le prince Rafaele serait forcément inoubliable. Et penser ainsi entraînerait inévitablement des problèmes. Ils avaient conclu un marché l'un avec l'autre à des fins politiques. Ce n'était qu'un mariage de complaisance ; le prince avait beau embrasser merveilleusement bien, elle ne pouvait pas coucher avec lui. Non seulement cela n'aurait pas servi ses intérêts à long terme, mais elle craignait aussi d'y prendre goût. Sans compter le risque de tomber amoureuse de lui. Et si elle le décevait… Une soudaine nausée l'envahit à cette idée.

Non. Aussi séduisant fût-il, la clé pour le succès de leur mariage temporaire était de se concentrer sur ses objectifs –

la liberté de se marier plus tard avec l'homme de son choix et le rétablissement de la paix entre leurs nations. Cette dernière semblait d'ailleurs déjà en passe de se réaliser.

Les peuples du Bérénia et de Santara avaient accueilli l'annonce de leur mariage avec enthousiasme, le considérant manifestement comme l'histoire d'amour de l'année. Cet engouement était principalement dû à une photo d'eux prise durant le bal de bienfaisance, sur laquelle le prince la tenait serrée contre lui, un sourire carnassier sur le visage, tandis qu'elle avait l'air abasourdie. En tout cas, c'était l'impression qu'elle avait eue. Mais leurs départements de relations publiques respectifs avaient adoré la photo et l'avaient jointe à l'annonce de leur mariage pour que le monde entier la voie.

Alexa s'arrêta devant le prince, sa longue robe blanche s'enroulant autour de ses chevilles dans un froissement de soie, sous le regard impavide et froid de son fiancé.

Mal à l'aise, elle déglutit. Si elle avait espéré une tout autre réaction de sa part, elle en était pour ses frais.

Le séducteur impénitent qu'elle avait rencontré au palais d'été de Santara seulement deux semaines auparavant avait disparu, tout comme le charmant rebelle qui ne laissait rien ni personne le déranger. Dans cette nouvelle version de lui, le prince semblait agacé, son expression figée et les muscles tendus, comme s'il se retenait de partir en courant.

Bienvenue au club, se dit Alexa alors que le célébrant commençait l'office.

Au bord de la panique, elle suivit la célébration comme de loin et sursauta lorsque le prince lui posa les mains sur les épaules et la fit pivoter vers lui, une expression toujours indéchiffrable sur le visage. Avant qu'elle ait pleinement pris conscience qu'ils en étaient à la fin de la cérémonie, il inclina la tête vers elle et déposa un baiser torride sur ses lèvres. Elle ferma les yeux malgré elle et fut aussitôt envahie de sensations merveilleuses.

Lorsqu'il lui effleura la nuque du bout des doigts, un frémissement la parcourut et elle vacilla légèrement avant de se presser contre lui. Heureusement, elle réussit à se ressaisir lorsque les invités applaudirent et laissèrent éclater leur joie, tandis que l'orchestre entamait la mélodie enjouée qui les accompagna jusqu'à la sortie de l'église.

Durant la réception, somptueuse, tout le monde avait l'air heureux, festoyait et dansait. Tout le monde sauf Alexa qui fut de plus en plus malheureuse au fur et à mesure que l'après-midi avançait. Le prince Rafaele se comportait avec elle comme un parfait étranger et elle n'attendait qu'une chose : qu'il reparte à Londres.

Rongée par la culpabilité et l'angoisse, elle ne tenait plus en place. C'était son satané plan qui avait entraîné ce fiasco, après tout. Qui plus était, elle avait le pressentiment que sa vie allait changer du tout au tout en étant mariée à Rafe, même si ce mariage ne devait durer que six mois.

Ayant grandement besoin d'une distraction, elle aperçut le roi Jaeger qui dansait avec son épouse, la reine Regan, enceinte jusqu'au cou. Malgré tous ses efforts pour ne pas aimer la reine quand elle l'avait rencontrée pour la première fois, elle n'avait pas tenu longtemps ; la gentillesse et la compassion de Regan avaient tout de suite transpercé. En les observant maintenant, elle se rendit compte qu'elle ne ressentait plus rien pour lui. Certes, elle appréciait son physique avantageux et sa présence virile, mais elle ne se voyait plus vivre à ses côtés. Elle se mit à le comparer à son jeune mari. Bruns tous les deux, ils avaient le même regard et étaient bien bâtis, mais, même si le roi avait été un bon parti, il n'avait jamais éveillé ses sens, contrairement au prince Rafaele.

Alertée par un picotement sur sa nuque, elle balaya la pièce du regard. Son mari la fixait, le visage dénué de toute expression. Elle ne put soutenir son regard ardent et s'empourpra, tandis qu'elle admirait la coupe de son costume qui moulait à la perfection ses larges épaules et sa silhouette svelte. Elle avait honte de le trouver aussi attirant, mais il repartait heureusement à Londres le soir même. Vivement que ce moment arrive.

Comme s'ils avaient deviné à quel point elle avait besoin de se changer les idées, le roi de Santara et son épouse s'approchèrent.

— Voulez-vous m'accorder cette danse, princesse Alexa ?

Alexa déglutit en fixant l'homme qu'elle avait pensé un jour épouser. Même si sa passion pour lui s'était éteinte, elle était toujours gênée de la façon dont il l'avait éconduite.

— Je vous en prie, dit Regan d'un ton encourageant comme Alexa se tournait vers elle pour lui demander la permission. Le mariage était magnifique et j'espère qu'un jour nous deviendrons amies, en plus d'être belles-sœurs.

Elles étaient certes belles-sœurs, mais pas pour toujours. La reine le savait forcément car Rafaele avait prévu de mettre son frère au courant de la situation. Mieux valait le préparer à la dissolution de leur mariage. Alexa n'avait averti que Nasrin ; si elle avait mis son père au courant, il aurait tenté de la faire changer d'avis.

Alexa et le roi se dirigèrent vers la piste de danse sous le regard des invités, et elle afficha un sourire contraint.

— J'espère que vous vous amusez, murmura le roi tandis qu'ils entamaient une valse.

— Oui, merci, répondit Alexa, gardant pour elle ses doutes à propos du mariage. J'espère juste que tout ceci n'est pas vain.

— Je ne pense pas, répondit le roi de façon énigmatique. Cependant, j'avoue avoir été surpris de voir mon frère contraint de se marier.

— Mais vous savez comment tout ceci est arrivé, répondit-elle en plongeant le regard dans les yeux du roi.

Ils étaient presque de la même teinte que ceux de Rafe, mais ne produisaient pas du tout le même effet sur elle.

— Mon père l'a exigé.

— C'est vrai, fit-il d'un ton rêveur. Mais même notre père n'a jamais pu obliger Rafe à faire quelque chose dont il n'avait pas envie.

— Il a donc rencontré son maître, répondit-elle.

— Je me demande… Mon frère ne semble pas aussi jovial que d'habitude, aujourd'hui. Cela dit, il n'a pas vraiment essayé de se sortir de cette situation.

Pour elle, Rafe avait au contraire tout fait pour ne pas se marier avec elle, et quant à son manque de jovialité…

C'était facile à expliquer. Il avait été forcé à se marier. Nul doute que cela aurait ruiné le sourire de n'importe quel célibataire endurci.

— C'est ma danse, je crois, dit soudain Rafe, le regard rivé à la main d'Alexa dans celle du roi.

— Je m'apprêtais à dire à Alexa à quel point je la trouvais ravissante, répondit le roi. Ne penses-tu pas de même ?

— Absolument, répondit Rafe d'un ton peu convaincant. Mais si tu apportais autant d'attention à ta propre épouse, elle n'aurait pas l'air si malheureuse.

À ce moment, un éclat de rire retentit à travers la pièce et ils se retournèrent tous pour voir Regan, une main protectrice sur le ventre, s'amuser avec un petit groupe d'invités.

— Oui, elle est manifestement très malheureuse, dit le roi en souriant d'un air moqueur.

La tension entre les deux hommes était palpable. Qu'en était-il de leur relation ? Pour deux frères qui se ressemblaient tant physiquement et qui étaient si proches en âge, ils ne semblaient pas très liés, contrairement à Sol et elle.

Alexa jeta un regard curieux à Rafe, tandis que le roi se dirigeait d'un pas lent vers son épouse.

— Qu'est-ce qui t'a pris ?

— Comment ça ? répondit-il d'une voix innocente.

— Tu t'es montré impoli.

— Peut-être que j'étais jaloux.

— Toi ? Jaloux ? ricana Alexa. As-tu déjà été jaloux ?

— Pas jusqu'à maintenant.

— C'est bien ce que je pensais.

— Mais je n'avais encore jamais épousé une femme qui était auparavant fiancée à mon frère et qui ne manque pas une occasion de le regarder avec adoration. Es-tu certaine qu'il ne s'est jamais rien passé entre vous ?

La froideur de son ton prit Alexa par surprise.

— Bien sûr que non, répondit-elle, outrée, en croisant son regard hostile. Ton frère est un homme d'honneur.

— Contrairement à moi ?

Devinant que, sous le vernis de la politesse, il retenait à

grand-peine ses émotions, elle s'humecta les lèvres avant de répondre.

— Je n'ai pas dit ça. Mais je ne savais pas que l'honneur avait tant d'importance pour toi.

— Ce n'est pas le cas, dit-il en baissant la tête. Comme tu l'as si bien souligné, j'ai des priorités différentes de celles de mon frère. Mais je crois qu'il est temps pour nous de partir, ma chère épouse.

Elle tressaillit. Il lui fallut un moment pour saisir toute la portée de ses paroles.

— Comment cela, *nous* ?

— En général, cela désigne la personne qui parle et celle à qui elle parle.

— Ne joue pas au plus fin avec moi. Je ne pars pas avec toi. Cela n'a jamais fait partie de notre plan.

Ils étaient en effet convenus que Rafe rentrerait seul à Londres et qu'ils partiraient en voyage de noces plus tard, lorsque le calendrier le permettrait.

— Peut-être pas, mais notre mariage non plus, à vrai dire. Nous devons improviser.

— Ce n'est pas mon fort. Et nous avions décidé de reculer notre lune de miel pour éviter de la faire.

— Maintenant que notre histoire *d'amour* fait la une de la presse internationale, nous devons présenter un front uni. Je croyais que tu l'avais compris. Après tout, c'est toi qui étais certaine que le peuple voudrait nous voir ensemble, si je me souviens bien.

— Oui, mais je me projetais dans un futur assez vague. Je ne peux pas partir avec toi maintenant. J'ai des rendez-vous la semaine prochaine.

— Ce n'est pas négociable, Alexa. Je ne pars pas d'ici sans toi.

La façon dont il prononça son nom fit courir un frisson le long de sa nuque.

— Pourquoi ne peux-tu pas rester ici ?

Le prince leva un sourcil ironique.

— Parce que je ne me vois pas inaugurer mon night-club d'ici, vu qu'il se trouve à Chelsea.

— Oh.

Elle n'avait pas pensé à cela.

— Eh bien, j'ai besoin d'un peu de temps pour me faire à cette idée.

— Je t'accorde une heure.

Sentant à nouveau le contrôle de sa vie lui échapper, elle essaya de résister.

— Je peux peut-être te rejoindre dans quelques jours.

— Libre à toi. Je te laisse le soin d'expliquer à la presse *et* à ton père, qui nous regarde de près, la raison de ton retard.

Affronter son père maintenant ? Elle n'en était pas capable. Elle gémit. Elle était vaincue.

— Mais je n'ai pas fait ma valise.

— Prépare un sac pour la nuit. Si tu as besoin d'autre chose, tu te le feras envoyer.

— Combien de temps resterais-je à Londres ?

— Compte deux semaines. C'est la durée moyenne d'une lune de miel, non ?

— Lune de miel ?

Son regard médusé croisa celui du prince et quelque chose vibra entre eux, leur rendant la respiration difficile. La pièce semblait soudain étouffante et toutes les pensées d'Alexa étaient tournées vers le baiser torride qu'il lui avait prodigué devant l'autel.

— Pas une *vraie* lune de miel, bien sûr, répondit-il d'un ton rauque. À moins que ce soit ce que tu veux.

Un instant, elle faillit répondre que oui et le choc d'en prendre conscience la fit secouer violemment la tête.

— Non, non, répondit-elle précipitamment.

— C'est bien ce que je pensais – raison pour laquelle nous passerons deux semaines dans mon appartement de Londres. Je t'attends sur le tarmac dans… cinquante minutes, fit-il en consultant sa montre.

Cinquante minutes ?

C'était loin d'être suffisant pour se faire à l'idée d'être enfermée deux semaines entières dans un appartement avec un homme qui l'attirait comme aucun autre jusqu'à présent, mais qui ne lui correspondait pas le moins du monde.

5.

Plus Rafe attendait l'arrivée de son épouse sur le tarmac, plus son agitation montait, même s'il en connaissait parfaitement la cause. Il était marié. Certes, ce n'était pas un vrai mariage, mais cela y ressemblait tout de même furieusement, avec la cérémonie, les deux cents invités et l'époustouflante mariée.

Lorsqu'il avait vu Alexa remonter la nef au bras de son père, son cœur avait bondi dans sa poitrine. Vêtue d'une longue robe en dentelle qui soulignait chacune de ses courbes si féminines, le visage abrité derrière un voile, elle était une véritable apparition en blanc.

Au cours des dernières semaines, il s'était dit qu'il avait imaginé la sensualité qui émanait d'elle, exagéré la puissance de son attirance. Puis elle était venue à sa rencontre d'un pas lent et gracieux et il avait su qu'il n'avait rien exagéré. Quel choc pour un homme qui avait décidé depuis si longtemps qu'il ne tomberait jamais dans le piège du mariage et se voyait désormais, et bien malgré lui, attiré par sa femme.

Il ne voulait pas d'une épouse, mais c'était sa manière de rembourser la dette qu'il avait envers Jag, contraint à la mort de leur père d'abandonner ses études et de regagner Santara pour devenir roi. À l'époque, Rafe connaissait en détail tout ce qui avait trait au palais, il aurait facilement pu aplanir la situation pour son frère, mais il voulait désespérément laisser sa propre empreinte sur le monde. Conscient de cela, Jag l'avait enjoint de partir vivre sa vie et n'avait jusqu'à présent jamais eu besoin de lui demander de l'aide. Mais Rafe s'était toujours senti redevable envers son frère et, les tensions entre Santara et le Bérénia étant à leur comble, il avait saisi l'occasion de rembourser sa dette en épousant Alexa.

Et il ne regrettait pas sa décision. En effet, il détestait être redevable et avoir agi ainsi pour son frère et son pays lui donnait bonne conscience.

Mais ce n'est pas la seule raison pour laquelle tu l'as épousée, lui soufflait une petite voix.

Il avait repoussé cette voix intérieure ces deux dernières semaines, et s'était noyé dans le travail jusqu'à épuisement. Mais désormais… Comment nier qu'il avait peut-être aussi été sous l'influence d'une terrible attirance sexuelle quand il avait décidé d'épouser Alexa ? Cela et le besoin profond de la tenir éloignée de Lord Richton.

Et qui allait la tenir éloignée de lui ?

Il poussa un profond soupir. Personne ne le ferait car personne n'en aurait besoin. Il voulait peut-être l'avoir dans son lit, mais cela ne voulait pas dire qu'il le ferait. Alexa n'était pas une femme avec qui on s'amusait. Non seulement c'était la future reine du Bérénia, mais elle aspirait au bout du compte à une relation longue et durable ; la dernière chose qu'il voulait était donc de coucher avec elle et de lui donner l'impression qu'il était l'homme qu'il lui fallait. Parce que c'était loin d'être le cas.

Pourtant, cette affirmation le dérangeait, sans qu'il sache pourquoi. Ce n'était pas un rôle qu'il voulait endosser. Jamais. Sa vie était parfaite telle quelle était, même si Alexa la trouvait trop « hédoniste ».

Il secoua la tête. Un moine bouddhiste avait probablement une vie plus excitante que la sienne, en ce moment. Même la top model espagnole ne l'avait pas attiré suffisamment pour qu'il l'entraîne dans son lit. Contrairement à Alexa. Avec son mélange de fermeté et de douceur, elle allumait en lui un brasier qui faisait palpiter son corps de désir. Alexa qu'il refusait de toucher.

Et nul doute qu'elle se réjouirait de cette décision, à en

juger par l'expression horrifiée qu'elle avait eue quand il avait soulevé son voile devant l'autel.

Secouant la tête, il jeta un nouveau regard sur sa montre. Cela ne faisait que vingt minutes qu'il l'attendait, il avait l'impression que cela faisait vingt ans.

Elle sortit enfin d'une porte latérale du palais. Vêtue d'une simple paire de jeans et d'une veste légère, la douce brise du désert faisant danser les mèches de sa queue-de-cheval, elle était éblouissante.

Étrangement, il sentit aussitôt la tension s'atténuer en lui. Avait-il été inquiet qu'elle ne vienne pas ?

Agacé par cette idée, il lui jeta un regard courroucé.

— J'espère que tu as emporté une veste plus chaude. Il ne fait pas vraiment chaud en mars à Londres.

Deux grands yeux émeraude le fixèrent, éberlués, et il dut se rappeler que la situation n'était pas vraiment de son fait. Il devait se calmer.

— Je crois que Nasrin en a empaqueté une.

Celle-ci se matérialisa à côté d'eux et hocha la tête avec enthousiasme.

— Oui, Votre Altesse. Et je sais aussi que vous avez glissé votre portable dans votre sacoche, dit-elle en jetant un regard sévère à Alexa. Votre père m'a pourtant bien précisé que vous étiez en lune de miel, et que vous ne deviez pas travailler.

Alexa se figea à la mention d'une « lune de miel », puis sourit à Nasrin.

— C'est noté.

Nasrin eut l'air peu convaincu et Rafe s'interrogea. Quelle relation entretenaient-elles ? Alexa avait la réputation d'être froide, distante, pourtant les deux femmes semblaient très proches. Il appréciait peu de chose plus que le respect et la gentillesse de ceux qui avaient du pouvoir envers les gens qui étaient sous leurs ordres.

— Prête au départ ?

Alexa se raidit, et il en fut agacé. Comment allaient-ils convaincre leur entourage que leur mariage n'était pas de convenance si elle se contractait dès qu'il lui adressait la parole ?

Lorsqu'elle monta dans l'avion, il détourna le regard de ses fesses bien moulées dans le jean serré et s'arrêta pour discuter avec le pilote, la laissant s'installer et boucler sa ceinture. Elle ne serait sans doute pas impressionnée par son avion. Il avait beau être un prince, il ne pouvait lui offrir mieux que ce qu'elle avait déjà. Mais pourquoi se faisait-il cette réflexion ? Leur mariage n'existait que sur le papier, après tout. Ils n'étaient que deux adultes qui se rendaient mutuellement service. Alors pourquoi une chose si insignifiante prenait-elle une telle importance à ses yeux ?

Ses pensées tournaient en boucle et bataillaient avec le besoin constant qu'il avait de la toucher, ce qui ne faisait rien pour restaurer sa bonne humeur.

Mieux valait travailler pour se changer les idées. Il ouvrit son ordinateur portable et se plongea dans les dernières spécifications d'un bâtiment qu'il venait d'acquérir en Écosse. L'ancien édifice avait servi de cinéma et son directeur d'exploitation le poussait à le détruire car le prix d'une rénovation aurait été exorbitant. Il y avait pourtant quelque chose de charmant dans la vieille bâtisse et Rafe qui ne regardait d'habitude que la profitabilité, était cette fois prêt à faire une exception.

Qu'Alexa en penserait-elle ? Il se rembrunit à cette idée. Ce n'était pas comme s'il allait le lui demander. Il allait peut-être devoir vivre avec elle les deux prochaines semaines, mais cela ne voulait pas dire qu'ils devaient interagir. De fait, moins ils se verraient, mieux ce serait. Parce que son envie d'elle le rendait fou.

Il pourrait peut-être l'installer discrètement dans un hôtel ; il ne serait alors plus obligé de la voir du tout. Ce qui pourrait fonctionner jusqu'à ce que la presse l'apprenne et dévoile au monde entier la supercherie de leur « histoire d'amour ».

— Désolée, dit-elle avec un petit sourire. Je me sens un peu responsable de cette histoire de lune de miel, et je sais que tu n'es pas heureux de la situation.

— Ce n'est pas ta faute.

— Cela dit, mon père avait raison de penser qu'un mariage calmerait les tensions. Tu sais qu'il y a même une tasse et des torchons avec nos visages imprimés dessus ?

— Comme c'est mignon.

Il remarqua pour la première fois les cernes qui ourlaient ses yeux. Dormait-elle aussi mal que lui ?

— Oui, mon peuple se lâche. Après que ton frère a rompu nos fiançailles, personne ne pensait que je trouverais quelqu'un d'autre à épouser, je crois.

À la mention de son frère, il se rappela la façon dont elle le dévisageait, seulement quelques heures plus tôt. Avait-elle encore des sentiments pour lui ? Quelle idée consternante.

— Pourquoi penserait-on ça de toi ? Tu es l'héritière au trône du Bérénia, après tout.

— Merci de mettre l'accent sur mon meilleur atout.

— Ce n'est pas ton meilleur atout, répondit-il, fronçant les sourcils devant son ton dépréciateur.

Pour sa part, il aurait placé ses lèvres en tête de liste. Puis ses jambes et la vive intelligence qui illuminait ses magnifiques yeux verts.

— Mon frère est tombé amoureux de quelqu'un d'autre. Ce n'était pas ta faute.

— Certains voyaient les choses différemment.

Elle raidit les épaules, et il plissa les yeux.

— Qu'entends-tu par « différemment » ?

— Je m'en souviens à peine, répondit-elle, éludant manifestement le sujet. Des propos selon lesquels je n'étais pas assez féminine pour le retenir.

Rafe marmonna des mots grossiers.

— Je n'ai jamais rien entendu d'aussi ridicule.

Et de faux.

— Bref, je pensais que, si ton appartement n'était pas assez grand pour nous deux, je pourrais aller dormir à l'hôtel.

Il venait d'avoir la même idée, mais sa réflexion l'irrita.

— Mon appartement est assez grand.

— Je pourrais quand même…

— Il est assez grand, répéta-t-il d'un ton ferme.

— Tu ne m'as pas laissée finir.

— Ce n'était pas nécessaire. Que penseraient les gens, si j'installais ma jolie femme à l'hôtel juste après notre mariage ?

— C'est vrai, répondit-elle en tripotant nerveusement son portable. Et le personnel ? Ne trouveront-ils pas étrange que nous ayons des chambres séparées ?

Plus calme maintenant qu'il avait compris où elle voulait en venir, il se renfonça dans son siège.

— Est-ce ta façon de me dire que nous ne ferons pas l'amour, Alexa ?

Comme il s'y était attendu, elle le fusilla du regard.

— Évidemment. D'ailleurs, il n'en a jamais été question.

— Vraiment ?

Lorsque son visage s'empourpra, il devina qu'elle se souvenait de leurs baisers torrides.

— Ce n'était pas l'impression que j'ai eue.

— Je suis désolée que tu aies eu une impression différente, répondit-elle, mais je ne suis pas intéressée par une relation sexuelle vide de sens.

Une relation sexuelle vide de sens ?

Il l'étudia froidement.

— Qui a dit que ce serait vide de sens ?

Elle remua sur son fauteuil, attirant involontairement son attention sur son corps. Il entrevoyait la forme de ses seins ronds sous sa veste ajustée et le désir le terrassa au souvenir de la manière dont il les avait tenus dans sa paume.

— Comment pourrait-il en être autrement ? Et cela mis à part, cela ne ferait que brouiller les cartes entre nous. Il n'y a donc aucune raison pour que nous devenions intimes.

Elle parlait d'une voix calme, pondérée, et son raisonnement semblait logique. Tellement logique qu'il ne pouvait qu'être d'accord avec elle. Hélas, il s'en moquait. Leur attirance mutuelle aiguisait ses sens et le fait même qu'elle refuse de l'admettre lui donnait envie de lui prouver qu'elle avait tort.

— J'en vois au moins une. Le plaisir, tout simplement.

— Oh.

La note d'étonnement dans sa voix le rendit fou de désir.

Il aurait voulu la saisir par les épaules, la tirer de son fauteuil et la prendre sur ses genoux.

Comme si elle lisait dans ses pensées, elle vira au pourpre.

— Je ne suis pas très… portée sur le sexe, mais comme, à l'évidence, tu l'es, je comprendrais que tu cherches à te… soulager ailleurs. Je te demanderais seulement de te montrer discret.

Il fallut un moment à Rafe pour comprendre, et alors il n'essaya même pas de cacher son incrédulité.

— Tu me donnes l'autorisation de te tromper ? Quel genre d'épouse fait ça ?

— Celles qui sont uniquement épouses sur le papier.

— Princesse, j'adorerais être à la hauteur de cette réputation sulfureuse, mais je ne couche pas avec toutes les femmes que je croise. Et pour répondre à ta précédente question, je n'ai qu'une femme de ménage à plein temps chez moi, et elle ne posera aucune question.

— C'est bon à savoir.

Qu'est-ce qui était bon à savoir ? Qu'il ne couchait pas avec chaque femme qu'il rencontrait ou que sa femme de ménage se moquerait de leurs modalités de cohabitation ?

Il serra les mâchoires. Elle le rendait fou et, lorsqu'elle reporta tranquillement son attention sur son portable, il décida de lui rendre la monnaie de sa pièce.

— Alexa…, fit-il, puis il attendit qu'elle le regarde à nouveau. Le sexe entre nous ne sera pas vide de sens. Au contraire, il sera incroyable.

Il était presque minuit lorsque l'avion atterrit à Londres. Rafe entraîna Alexa vers la limousine qui attendait.

Elle avait passé le reste du vol à alterner entre la honte d'avoir évoqué les rumeurs qui circulaient sur son manque d'appétit sexuel et l'excitation à imaginer une nuit torride avec lui.

Mais qu'est-ce qui lui avait pris, de parler ainsi ? Et qu'espérait-elle qu'il lui réponde ? Qu'elle était au contraire très séduisante ?

Si seulement elle avait pu se rouler en boule et dormir pendant les deux prochaines semaines… Elle fit de son mieux pour ignorer l'homme assis à ses côtés et regarder le paysage urbain défiler. Elle avait déjà été à Londres une fois par le passé, à l'occasion d'un dîner d'État, mais n'avait pas eu le temps de visiter la ville.

Il avait dû pleuvoir car les routes étaient brillantes et noires ; les lumières scintillantes dévoilaient un monde à des lieues de ce à quoi elle était habituée.

En un rien de temps, lui sembla-t-il, l'immense Mercedes s'engagea dans le parking souterrain d'un impressionnant bâtiment de dix étages à la façade en verre. Étouffant un bâillement, elle remarqua à peine l'aménagement moderne du garage, ou l'impressionnante collection de voitures de luxe. En revanche, elle nota l'ascenseur vitré à la pointe de la technologie qui les emporta à vive allure jusqu'au dernier étage, avant de s'ouvrir sur une entrée en marbre poli, doublée de bois sombre.

— L'immeuble est surveillé par Chase Security, dit Rafe, c'est une société de sécurité de haut niveau, et toutes les fenêtres sont blindées. Deux de tes propres agents secrets arriveront un peu plus tard dans la soirée. Je leur ai réservé un appartement dans l'immeuble pour la durée de ton séjour. Un concierge est de service vingt-quatre heures sur vingt-quatre si tu as besoin de quelque chose et que je ne suis pas là.

Il se dirigea ensuite vers le salon cathédrale dont les immenses baies vitrées offraient une vue imprenable sur le parc et la ville en contrebas. Un lustre monochrome ultra-moderne était suspendu au plafond, en parfaite harmonie avec le mobilier à la fois confortable et très avant-gardiste.

Elle avait beau habiter un palais, l'élégance raffinée de l'appartement lui coupa le souffle.

— C'est magnifique, dit-elle avec enthousiasme. On dirait un château dans les nuages.

Levant les yeux du courrier qu'il parcourait rapidement, il lui jeta un regard moqueur.

— Les chaînes pour le plafond sont dans la chambre.

— Les chaînes pour le plafond ? demanda-t-elle, étonnée.

— Ça fait partie de la panoplie de *l'hédoniste*. N'est-ce pas le mot que tu as utilisé ?

Elle gémit intérieurement devant son ton railleur, mais franchement, à quoi s'attendait-il quand il faisait si peu d'efforts pour réfuter les propos controversés racontés à son propos ? Il avait même affirmé qu'ils étaient vrais !

— Tu es en train de me dire que je me suis trompée ?

Sa bouche se tordit en une moue cynique.

— Je dis juste que je me suis bien amusé dans ma jeunesse. Interprète ça comme tu veux.

Elle songea à tout ce qu'elle avait lu sur lui et à ce qu'elle savait réellement. Jusqu'ici, il ne lui avait pas semblé du tout égocentrique, et quand elle lui avait demandé de cesser de l'embrasser, dans la bibliothèque, il l'avait fait. Il l'avait même prévenue qu'il comptait l'embrasser, lui donnant ainsi le temps de refuser. Certes, la deuxième fois, cela n'avait pas été le cas. Lorsqu'il l'avait prise dans ses bras sur la terrasse, elle était presque tombée en pâmoison à ses pieds.

— En réalité, dit-il, j'aime le sexe, mais de façon conventionnelle, dans la chambre. Cela m'arrive de faire l'amour sous la douche et dans le spa et même sur la table et sur le sol. En revanche, je laisse les jeux coquins à ceux qui les apprécient vraiment.

Il essayait de la choquer, avec ce catalogue de ses prouesses sexuelles, et elle réprima la bouffée de désir qui l'envahit.

— Les fouets sont donc aussi dans la chambre ?

Manifestement surpris par sa repartie, il lui adressa un léger sourire.

— Non, dit-il en se dirigeant vers une porte et en l'invitant à le suivre. Je les garde dans le coffre-fort.

Elle ne put s'empêcher de rire et, pour la première fois depuis le mariage, se détendit un peu.

— J'ai demandé à Mme Harrington de préparer une des chambres d'amis pour toi. Si tu veux utiliser la piscine ou le gymnase, ils se trouvent à l'étage inférieur, et la bibliothèque est sur la mezzanine au-dessus à droite.

— Je croyais que les appartements étaient petits, répondit

Alexa, admirant en passant les toiles de maître sur les murs. Tu aimes les impressionnistes ?

— J'aime l'art quel qu'il soit, du moment que le tableau ne représente pas un paysage.

— C'est la même chose pour moi.

En entrant dans la magnifique chambre dans les tons miel, avec sa vue spectaculaire sur les lumières de la ville, elle ne put retenir un sourire. Son regard se porta avec espièglerie sur le plafond mais elle le regretta aussitôt car Rafe fixait ses lèvres, rendant sa respiration laborieuse.

Un désir brûlant monta du tréfonds de son être, plus fort que toutes les sensations qu'elle avait eues dans la journée, et le silence de l'appartement souligna qu'ils n'étaient que tous les deux. Seuls. Ensemble.

Comme s'il ressentait la même attirance, il recula d'un pas.

— La salle de bains est de l'autre côté du dressing. Stevens te montera tes bagages dans un instant.

Luttant pour recouvrer son calme et ne pas alerter Rafe sur ses sentiments, elle posa son sac à main sur l'immense lit.

— Je ne dormirai sans doute pas ce soir, de toute façon. La vue est vraiment incroyable.

— C'est à toi de décider. Personnellement, je compte très bien dormir. Bonne nuit, Alexa.

Le regardant partir dans le reflet de la baie vitrée, elle exhala un long soupir. Elle ne pouvait nier l'effet qu'il avait sur elle. Surtout après qu'il avait listé les endroits où il aimait faire l'amour. Seigneur !

Mais être intime avec un homme comme lui serait comme conduire une Formule Un sur une route de campagne.

Dangereux, mais ô combien excitant.

Et pourquoi entretenait-elle de telles pensées alors qu'elle avait une position très claire sur le sujet ? Tout simplement parce qu'elle éprouvait une profonde attirance pour Rafe, et qu'aucun raisonnement logique ne changerait ses sentiments. Pour autant, elle devait y résister. Elle ne pouvait se permettre de retomber dans ses vieux travers et de se laisser emporter par ses émotions. Parce que Rafe ne ferait jamais cette erreur, elle en avait conscience. Aucun homme n'avait eu de sentiments pour elle et cela faisait mal de savoir qu'ils n'avaient aucun scrupule à la quitter.

Et c'était indubitablement ce que ferait le prince Rafaele, comme il le faisait avec toutes les femmes – raison initiale pour laquelle elle l'avait épousé, d'ailleurs.

Fébrile, elle s'arrêta devant les grandes baies vitrées. Pourquoi se sentait-elle si troublée ?

Était-ce simplement le faste et les cérémonies de cette journée ? La fatigue due à son manque de sommeil ? Ou bien était-ce parce que cette nuit était sa nuit de noces et qu'elle la passait seule ? Seule à observer un ciel de nuit pittoresque dans une magnifique chambre avec un lit de la taille d'une piscine, et un désir brûlant en elle qui ne demandait qu'à être assouvi. L'envie que Rafe la touche et l'embrasse encore…

— Votre Altesse ?

Une voix derrière la porte coupa court à ses pensées érotiques. Faisant entrer le chauffeur dans la chambre, elle le remercia d'avoir monté ses bagages, puis entreprit de chercher sa chemise de nuit. Tout ce dont elle avait besoin était une bonne nuit de sommeil, en espérant qu'elle arriverait à dormir…

Heureusement, ce fut le cas et Alexa se réveilla fraîche et dispose. Après une douche rapide, elle revêtit sa tenue de yoga, fit des étirements jusqu'à ce qu'elle sente ses muscles se délier, puis partit à la recherche d'un bon café.

Suivant un couloir après l'autre, elle finit par trouver la cuisine, une magnifique pièce en acier inoxydable et bois verni. Il lui fallut presque autant de temps pour localiser la machine à café, fixée dans le creux du mur au-dessus du four. Les nombreux boutons et cadrans semblaient plus adaptés à un avion de ligne qu'à une machine à café. Comment la faire fonctionner ? Alexa n'avait jusqu'à présent été confrontée qu'à des machines basiques, mais ça ne devait pas être si difficile que cela. Elle ouvrit les placards jusqu'à trouver une tasse et la plaça sous le cylindre central.

Pensive, elle espéra ne pas faire exploser la machine en appuyant au hasard sur les boutons. Mais avant qu'elle ait pu décider sur lequel appuyer, elle sentit la présence de Rafe derrière elle.

— Que fais-tu ?

Elle jeta un regard par-dessus son épaule. Son mari se tenait dans l'embrasure de la porte, en costume, chemise bleu pâle et cravate bleu roi du même ton que ses yeux.

Il était magnifique et elle fit de son mieux pour calmer les battements erratiques de son cœur.

— J'étudie ta machine à café. C'est complexe et j'essaye de ne pas la casser, répondit-elle en lui souriant timidement.

Et s'ils devenaient amis ? Peut-être serait-ce la meilleure des choses ? En tout cas, ce serait préférable au sentiment de gêne qu'elle ressentait.

— Tu n'aurais pas un mode d'emploi, par hasard ?

Il plissa les yeux et la dévisagea avec indifférence.

— Quel genre de café veux-tu ?

— Un café au lait de soja, si c'est possible.

— Cette machine pourrait sans doute réinitialiser la NASA, fit-il en s'approchant, avant d'appuyer sur les boutons par-dessus son épaule. Laisse-moi te montrer comment ça marche.

Il entreprit de lui expliquer les options possibles et elle fit de son mieux pour se concentrer, mais la chaleur du corps de Rafaele et sa senteur boisée lui tournaient la tête. L'envie de se retourner, d'enfouir le nez dans son cou et d'inhaler son odeur était si forte qu'elle dut prendre sur elle pour ne pas réagir. Le temps qu'elle se ressaisisse, la leçon était terminée.

— Et alors tu appuies sur START.

L'instant d'après, la machine chuinta, gargouilla, et Rafe lui tendit son café.

Respirant le délicat arôme, elle poussa un soupir de contentement. L'attirance qu'elle éprouvait pour l'homme devant elle avait été supplantée par son besoin de caféine. Mais cela ne dura pas. En effet, dès qu'elle ouvrit les yeux et vit son regard sombre fixé sur elle, le désir la terrassa.

Pourtant, comme s'il n'avait rien remarqué, il s'écarta d'elle et saisit une tasse à expresso dans le placard.

Comment pouvait-il la déstabiliser à ce point ? C'était infernal. Elle se creusa la tête pour détendre l'atmosphère.

— Tu pars travailler, dit-elle, grimaçant intérieurement devant la banalité de ses propos.

— C'est utile pour payer les factures.

— Et tu travailles dans tes night-clubs ou dans un bureau ?

— Les deux.

Elle soupira. Il n'allait pas lui rendre les choses faciles. Imperturbable, elle s'adossa contre un meuble et l'observa réinitialiser la machine.

— Tu sais, j'aimerais beaucoup venir au lancement, vendredi soir. Je ne suis jamais allée dans ce genre d'endroit.

— Non.

Devant sa réponse sèche, elle cligna des yeux.

— Non ?

— C'est ce que j'ai dit.

— Et pourquoi pas ?

— Tu es trop guindée.

— Qu'entends-tu par là ? demanda-t-elle, outrée.

— Ça veut dire ce que ça veut dire, répondit-il en balayant ses objections de la main. Et je n'ai aucune intention de me disputer avec toi là-dessus. Il est encore trop tôt pour ça.

— Alors, ne sois pas désagréable.

— Je ne suis pas désagréable, dit-il, les sourcils froncés. Mais tu n'es pas du genre à sortir en boîte. Si tu veux aller faire des courses ou dans le West End ou au ballet, préviens-moi et je demanderai à Hannah d'organiser ça.

— Hannah ? dit-elle, furieuse de son ton condescendant. Une de tes anciennes petites copines ?

— Hannah est mon assistante.

Effectivement. Cela lui revenait, Nasrin avait mentionné une Hannah, mais elle avait été trop révoltée par l'attitude de Rafe pour faire le lien.

— Je ne suis pas du tout aussi guindée que tu le prétends, répondit-elle, se demandant ce qu'il penserait d'elle s'il apprenait ce qu'elle avait fait avec Stefano.

— Bien sûr que si.

Il prit son café et se tourna vers la fenêtre, signifiant ainsi que la conversation était close.

Furieuse, elle le fusilla du regard.

— Tu es aussi inflexible que mon père. Et tu crois tout savoir, comme lui.

— Alexa…

— Tu es toujours aussi grognon ou c'est ma présence qui te rend si détestable ?

— Je ne suis pas du matin.

— Eh bien, moi, si, et quand tu es entré, j'ai pensé qu'on pourrait éventuellement trouver un terrain d'entente et peut-être même devenir amis. Cela aurait simplifié les deux prochaines semaines, mais je commence à reconsidérer cette stratégie.

Il soupira, comme si la seule présence d'Alexa l'agaçait.

— Parfait. C'est mieux si nous ne sommes pas amis.

Ne s'attendant pas à recevoir une réponse aussi brutale, elle cligna des yeux.

— Alors que suggères-tu ?

Il la dévisagea, le regard aussi sombre qu'une tempête sur l'Atlantique.

— Rien. Je ne suggère rien.

Elle haussa les sourcils.

— Tu veux que ce soit moi qui aie toutes les idées ?

— Non, dit-il, repoussant une mèche de cheveux d'un geste impatient. Je suggère qu'on ne fasse rien. Ce mariage n'est qu'illusoire, Alexa. Nous sommes ici parce que j'ai laissé l'alchimie l'emporter sur la rationalité.

— Par alchimie, tu veux dire… ?

— L'attirance sexuelle.

Son regard la cloua sur place. Quelque chose de brûlant et de sombre s'échangea entre eux, avant qu'il cligne des yeux, coupant délibérément la connexion.

— Je fais référence à cette chose entre nous que tu prétends ignorer. Heureusement, cela ne durera pas, mais entre-temps, je ne souhaite pas savoir si tu es du matin ou du soir, pas plus que je ne veux savoir si nous avons des points communs. Si tu veux que ces deux semaines se passent bien, reste de ton côté du lit – métaphoriquement parlant, bien sûr – et je resterai du mien.

Ébranlée par la rudesse de son ton et blessée qu'il veuille passer le moins de temps possible avec elle, elle masqua ses émotions derrière une façade hautaine.

— Eh bien, cela rend certainement les choses plus faciles. Je n'ai donc pas besoin de me casser la tête à te faire la conversation durant mon séjour. Merci pour cette précision.

— Alexa…

— Tu sais, si un jour tu en as assez des femmes qui tombent amoureuses de toi, montre-leur ton côté grognon. Ça les calmera d'emblée.

Elle avait parlé d'un ton délibérément léger mais, à en croire son froncement de sourcils, il n'était pas dupe. Peu importait. Elle était proche des larmes parce que, après leur bref moment de camaraderie de la veille, elle avait cru qu'il l'appréciait. Mais c'était ce qui arrivait quand on était trop avide d'attention et d'amour. Dire qu'elle croyait avoir appris cette leçon il y avait longtemps.

Elle fut soudain assaillie par un sentiment de solitude qu'elle n'avait pas ressenti depuis la mort de Sol.

— Alexa…

— Désolée, je dois partir.

Ses émotions étaient sur le point de déborder et il était hors de question de pleurer devant un autre homme qui ne voulait pas d'elle. Elle versa donc ce qu'il lui restait de café dans l'évier et entreprit de rincer la tasse.

— Je suis en sueur après ma séance de yoga, j'ai besoin d'une douche. Merci pour le café. Bonne journée.

Sur ce, elle se dirigea à la hâte vers sa chambre, tendant l'oreille pour savoir s'il la suivait. Mais ce ne fut pas le cas. Pourquoi l'aurait-il fait ?

Se forçant à respirer profondément, elle repoussa la douleur qui comprimait sa poitrine. En quoi cela importait-il, qu'il ne veuille pas être son ami ? Elle non plus n'avait pas besoin de son amitié.

Sortant son portable de sa sacoche, elle le posa sur le

lit et entra son mot de passe. Deux longues semaines s'étiraient devant elle. Elle ouvrit les fichiers sur lesquels elle travaillait avant le mariage.

Si elle ne faisait rien durant ces quinze jours, autant travailler. Ce n'était pas les tâches qui manquaient et elle devait prouver à son père – et à elle – qu'elle était capable de les accomplir. En outre, tout était préférable au terrible sentiment de vide et de rejet qui lui comprimait la poitrine et qu'elle aurait voulu ne jamais ressentir à nouveau.

6.

Le foyer était en général considéré comme un refuge, mais, pour l'heure, celui de Rafe le faisait surtout penser à une prison. À ceci près qu'il n'était pas enfermé à l'intérieur, mais à l'extérieur. La semaine précédente, il avait trouvé plus sûr de rester aussi longtemps que possible au bureau plutôt que de rentrer chez lui où il aurait risqué de croiser sa délectable épouse.

Mais même pour un homme habitué à de longues heures de travail, ce rythme était fatigant. Il était minuit passé et, pour la quatrième nuit consécutive de la semaine, il n'était toujours pas rentré chez lui.

Il avait le choix entre rester éloigné de la maison ou être malpoli avec Alexa, comme il l'avait été ce premier matin. Lorsqu'il l'avait vue, en tenue moulante, fronçant les sourcils devant la machine à café, il avait dû prendre sur lui pour ne pas la hisser sur le comptoir, se glisser entre ses jambes et lui dire qu'elle n'avait pas besoin d'instructions pour qu'ils se donnent du plaisir. Au lieu de cela, il s'était montré blessant et avait refusé son invitation à être amis. La lumière s'était éteinte dans ses prunelles vertes et il s'était détesté.

En temps normal, il était plutôt quelqu'un de détendu, de calme. Après une longue journée de travail, il aimait écouter du rock, du jazz ou même de la musique classique, selon son humeur. Parfois, il sortait une bouteille de bière fraîche de son réfrigérateur, regardait un match de foot à la télévision ou écoutait les informations. Ou bien, s'il était fatigué après avoir travaillé toute la nuit dans un de ses night-clubs ou passé la soirée dans les bras d'une femme, il prenait le repas que Mme Harrington lui avait laissé dans le réfrigérateur, le savourait avec un verre de bourgogne et allait se coucher.

Sa vie était simple et facile.

Il remettait rarement cette routine en question et, s'il se sentait un peu seul, ou nerveux, il allait à la salle de gym.

Désormais, il était attentif aux petits signes qu'Alexa laissait chez lui. Comme le pull-over qu'elle avait posé sur le dossier d'une chaise la veille et le bandeau à cheveux dans la cuisine, l'avant-veille. Il lui devait des excuses pour s'être montré si distant, ces derniers jours, mais cela impliquait de lui parler, et la dernière chose qu'il voulait était de l'encourager dans cette voie.

— Nous sommes arrivés, Monsieur, annonça Stevens, son chauffeur, qui avait coupé le moteur de la Mercedes.

— Ah, très bien.

Saluant Stevens d'un signe de tête, il sortit de la voiture et se dirigea vers l'ascenseur. En entrant chez lui, il fut soulagé de trouver l'appartement dans la pénombre ; Alexa était allée se coucher.

Comme il posait son ordinateur sur le canapé, il aperçut une paire de chaussettes sur la table basse, ainsi qu'une tasse vide et des magazines.

Il secoua la tête. Comment était-il supposé oublier qu'elle vivait avec lui quand elle laissait des signes de sa présence disséminés à droite et à gauche ? Sans parler de la douce fragrance de son parfum qui flottait dans l'air.

Serrant les dents, il posa la tasse d'Alexa dans l'évier, ses chaussettes dans le bac à linge sale, puis se dirigea vers sa chambre. Curieusement, garder ses distances avec les gens, compartimenter sa vie, n'avait jamais été un souci pour lui, mais il avait du mal avec Alexa, force était de le constater.

Neuf jours. C'était le temps qui restait avant qu'elle reparte chez elle. S'il survivait à cette épreuve sans perdre sa santé mentale, il mériterait plus qu'une médaille d'or.

Il la mériterait, elle.

Cette pensée ridicule le fit jurer et, ignorant son ventre

vide, il décida d'aller se coucher. Il ne voulait pas tenter le sort et croiser à nouveau son épouse dans la cuisine. Ce fut à ce moment-là qu'il aperçut un éclat de lumière sous la porte de la bibliothèque. Espérant qu'Alexa avait laissé la lumière par erreur et n'y était plus, il ouvrit la porte et marqua un temps d'arrêt. Alexa était affalée sur le bureau. Inquiet, il alla vers elle.

— Alexa ? demanda-t-il, espérant de tout son cœur qu'elle allait bien.

Il tendit le bras et lui secoua doucement l'épaule. À son grand soulagement, elle poussa un petit gémissement de protestation et enfouit le visage dans le creux de son bras.

Ses cheveux magnifiques étaient noués en un chignon désordonné et, dans son sommeil, elle avait l'air angélique. Réprimant aussitôt le désir qui le terrassait, il fronça les sourcils. Une montagne de paperasse étalée sur le bureau. Du travail ? Il survola les documents du regard et se souvint de l'assistante d'Alexa lui faisant promettre de ne rien faire pendant sa « lune de miel ».

— Alexa ?

Il essaya encore une fois de la réveiller mais elle poussa un nouveau gémissement et le repoussa de la main.

— Alexa, réveille-toi.

Se réveillant en sursaut, elle le regarda en clignant des yeux et il dut se retenir pour ne pas embrasser ses lèvres pulpeuses. Pour penser à autre chose, il désigna les documents étalés autour d'elle.

— Tu as travaillé là-dessus toute la journée ?

— Oh ! bonsoir, dit-elle en s'étirant. Oui, pour une grande part. Je suis aussi allée me promener à Hyde Park.

Elle détourna le regard et, lorsqu'elle reprit la parole, son ton était glacial.

— Quelle heure est-il ? demanda-t-elle en rangeant ses papiers.

— Minuit passé, répondit-il, soucieux. Tu vas t'épuiser à travailler ainsi.

— Ce n'est pas ton problème.

— Bon, d'accord, dit-il en levant les deux mains en signe

de reddition. Si je m'excusais de m'être comporté comme le plus parfait des imbéciles, l'autre jour, cela arrangerait-il mon cas ?

Elle leva les yeux vers lui, et il sentit une nouvelle bouffée de désir monter en lui.

— Peut-être.

— Alors, je m'excuse. Je n'étais pas de bonne humeur, mais je ne veux pas non plus que tu te sentes mal à l'aise avec moi.

— Ce n'est pas le cas. J'avais du travail, dit-elle.

— Du travail que tu n'es pas censée faire.

Elle haussa les épaules.

— Quelqu'un doit le faire ou ce ne sera pas fait.

— Délègue.

— Ce n'est pas si simple. Nous devons embaucher plus de personnel et…

— Le devoir t'appelait.

— Oui. Je pensais que tu l'aurais compris.

— Oh ! mais je le comprends. J'en ai fait l'expérience quand Jag étudiait aux États-Unis. Hélas, je n'ai pas répondu aux attentes de mon père.

Devant son ton amer, elle cligna des yeux.

— Comment ça ?

— Je n'étais pas Jag, répondit-il en serrant les dents.

Le regard fixé sur lui, elle fronça légèrement les sourcils.

— Mais c'est…

— … Sans importance, fit-il, l'interrompant d'un geste de la main. Si le peuple de Santara a besoin de moi, je serai là pour eux, mais il ne s'agit pas de moi. On parlait de toi et de ton besoin de trouver un équilibre.

Il s'assit sur le coin du bureau et continua :

— On en a déjà parlé, tu dois apprendre à dire non.

— Je n'y arrive pas. Je suppose que cela fait de moi une petite souris obéissante, mais…

— Je n'aurais jamais dû dire ça. Tu es dévouée et sérieuse – qualités qui feront de toi une grande reine, mais tu devrais défendre un peu plus tes idées.

— Merci du compliment. Quant au reste… J'essaye de

dire non, mais il y a tant de choses à apprendre. Et c'est si facile de se tromper.

— Les erreurs nous permettent d'apprendre.

— Ce n'est pas ainsi que je veux apprendre, répondit-elle en secouant la tête. Les erreurs coûtent trop cher.

Il fut pris de court par son ton véhément.

— Ça sent le vécu.

— Oui, mais nous faisons tous des erreurs, répondit-elle, sur la défensive. Même toi.

— Bien entendu. La plupart de mes erreurs sont d'ailleurs sur Internet. Mais je doute que tu aies fait la moindre erreur qui vaille la peine d'être évoquée.

Comme il l'avait espéré, elle mordit à l'hameçon.

— Je t'ai dit l'autre jour que je n'étais pas aussi sage que tu le croyais. J'ai failli causer un scandale, une fois.

Il leva un sourcil.

— J'en doute.

— Tu me crois si ennuyeuse que ça ?

— Au contraire, répondit-il, curieux d'en savoir plus et songeant qu'elle était la femme la plus séduisante qu'il ait jamais connue. Parle-moi de ce fameux scandale.

Elle eut un petit rictus et, l'espace d'un instant, il crut qu'elle allait lui demander de se mêler de ses affaires.

— J'avais dix-sept ans et j'étais très naïve, dit-elle finalement, se redressant pour le mettre au défi de se moquer d'elle. Il était italien et travaillait aux écuries.

— Ah, je crois savoir comment cette histoire va finir, dit-il, espérant qu'il se trompait. Mais, je t'en prie, continue.

— Cela n'a rien d'extraordinaire en soi. Il m'a dit qu'il m'aimait et a couché avec moi. Puis il est allé voir mon père et s'est servi de ma virginité comme moyen de pression pour m'épouser.

Elle avait raison. Son histoire n'était pas extraordinaire, mais n'en était pas moins humiliante. Sachant d'expérience combien être jugé était désagréable, il garda un ton aussi léger que le sien.

— J'imagine que ton père n'a pas exactement sauté de

joie en apprenant la nouvelle, pas plus qu'il n'a accueilli ton amant à bras ouverts chez lui.

Elle lui jeta un sourire ironique.

— Je ne sais toujours pas combien il a payé Stefano pour qu'il s'en aille et ne me contacte plus jamais, mais parfois, quand je suis particulièrement déprimée, j'aime penser qu'il a endetté le pays pour sauver mon honneur.

Il rit de ce trait d'esprit, mais n'en aurait pas moins voulu enfoncer les dents de Stefano au fond de sa gorge, puis l'enterrer sous le soleil brûlant en laissant dépasser seulement sa tête, comme le faisaient ses ancêtres.

— Si tu me donnes son nom complet, je peux le trouver et demander aux frères Chase de le réduire en bouillie.

Sauf s'il lui mettait lui-même la main dessus avant, bien sûr.

— Tu ferais ça pour moi ? demanda-t-elle, visiblement surprise. Toi, le briseur de cœur notoire qui laisses les femmes en larmes quand tu les quittes ?

— Ce n'est pas vrai, répondit-il sèchement, maudissant pour une fois sa réputation de play-boy. Je n'ai de relations qu'avec des femmes qui savent à quoi s'attendre ; je me montre très clair là-dessus dès le départ. Si elles pleurent quand je les quitte, ce n'est pas parce que je les ai dupées.

Elle le fixa pensivement de ses grands yeux émeraude.

— Comment sais-tu que tu ne tomberas pas amoureux un jour ?

— Parce que les relations amoureuses ne m'intéressent pas. Et je fais attention à ne jamais confondre sexe et sentiments.

Elle ne dit rien pendant un moment, comme si elle digérait ses propos.

— Je devrais être plus comme ça. Mais au moins Stefano m'a appris à regarder les qualités que je cherchais dans un mari. Ou plutôt, les défauts à éviter.

— Ce qu'il aurait dû t'apprendre, c'est combien les choses peuvent être agréables au lit entre un homme et une femme.

Elle déglutit, et il eut soudain envie de la toucher. Ce stupide Italien ne lui avait peut-être pas fait passer de bons moments, mais lui n'arrêtait pas de penser à la façon dont il pourrait changer ses mauvais souvenirs en bons.

Se retenant de la prendre dans ses bras et de faire avec elle des choses qu'il aurait regrettées ensuite, il s'écarta du bureau.

— Nous devrions aller au lit.

Elle écarquilla les yeux.

— Ensemble ?

L'idée du corps nu d'Alexa le fit serrer les mâchoires, mais avant qu'il ait pu trouver que répondre, elle rougit.

— Oublie ce que je viens de dire. Je suis visiblement plus fatiguée que je le croyais.

Désireux de détendre l'atmosphère, il hocha la tête.

— Je comprends. L'inauguration de mon night-club est demain soir et j'aurais bien besoin moi aussi de quelques heures de sommeil.

— À propos, je suis toujours interdite d'inauguration ? demanda-t-elle innocemment.

— Oui.

Pas question qu'elle soit présente ce soir-là ; elle ne ferait que le distraire.

— Cela ne paraîtra pas étrange ? En tant qu'épouse, on s'attendra à ce que je te soutienne.

— Je n'ai pas besoin d'être soutenu.

— Tout le monde a besoin de soutien. Mais, cela mis à part, la presse s'attendra à me voir à tes côtés. J'imagine que tu convoqueras la presse ?

— Seulement pour quelques heures. Personne ne remarquera ton absence.

Elle sembla réfléchir, puis avança vers lui un menton belliqueux.

— J'aimerais y aller.

Peu désireux de s'engager dans une controverse avec elle, il soupira.

— Alexa…

— Tu viens de me dire que je devais défendre mes idées et ne pas me satisfaire d'une réponse négative.

— Je crois plutôt t'avoir conseillé d'apprendre à dire non plus souvent.

— C'est la même chose. Je prends mes besoins en considération. Et j'aimerais beaucoup voir ton club…

Exaspéré, il se passa la main dans les cheveux.

— Je n'ai pas dit que tu devais t'entraîner avec moi.

Le sourire lumineux d'Alexa fit bondir son cœur dans sa poitrine.

— Étonnamment, je me sens en sécurité avec toi.

— Tu ne devrais pas, pourtant.

Surtout avec les images qui lui traversaient l'esprit en ce moment même. Comme elle ne répondait pas et ne renonçait pas à son idée comme il l'avait espéré, il capitula.

— Très bien. Une voiture viendra te chercher à 22 heures.

— Vingt-deux heures ? Ce n'est pas un peu tard ?

— C'est même tôt pour Londres. Rien ne se passe avant.

— D'accord.

Ses yeux brillaient d'un éclat lumineux et sa joie était si manifeste qu'elle fit accélérer les battements de son cœur.

— Si tu as besoin d'autre chose d'ici là ou si tu changes d'avis, préviens Hannah. Elle sera à ta disposition.

— Je ne changerai pas d'avis. Et tu ne regretteras pas ta décision, répondit-elle d'une voix vibrant d'émotion. Tu ne sauras même pas que je suis là. Je te le promets.

Il jura intérieurement en voyant son grand sourire. Il aurait dû la laisser dormir.

Arpentant son bureau au dernier étage de Bound, Rafe regarda sur les écrans de sécurité les invités qui franchissaient les portes du night-club en un flot continu. Ils avaient tous les yeux écarquillés devant le décor inspiré de Dali et les lustres en chrome et verre.

— Jusqu'ici, tout va bien, dit Hannah, son assistante.

Petite et menue, Hannah avait de l'énergie à revendre – raison sans doute pour laquelle elle n'avait pas démissionné, contrairement à toutes les autres assistantes avant elle.

Il hocha la tête. Pour l'heure, il se moquait du succès de l'inauguration. Il voulait simplement savoir où était Alexa.

— Oh ! détendez-vous, dit Hannah alors qu'il consultait

une fois de plus sa montre. Conformément à vos instructions, j'ai demandé à Chase Security d'être présent avec elle dans la voiture, en plus de ses propres agents de sécurité. Elle devrait être là d'un instant à l'autre.

— Depuis quand je m'inquiète ? répondit-il sans prendre la peine de cacher son agacement.

Le sourire d'Hannah s'élargit.

— Depuis votre mariage, je dirais. Mais je comprends pourquoi vous l'avez épousée. Votre femme est charmante. Pas du tout collet monté, comme on aurait pu l'imaginer d'un membre de la famille royale, mais en même temps vous non plus, donc je ne sais pas pourquoi j'ai pensé qu'elle le serait. Et elle est époustouflante dans sa nouvelle robe. Bon, je ferai mieux d'y aller. Le duc et la duchesse de Crenshore viennent d'arriver, je dois leur montrer leur table.

Rafe n'avait rien entendu après les mots « nouvelle robe ». Les cheveux d'Alexa seraient-ils noués ou cascaderaient-ils librement sur ses épaules ? Il n'avait toujours aucune idée de leur longueur. Sur les écrans de sécurité, un des agents de Chase Security franchissait la porte du club. Rafe attendit de voir apparaître Alexa et relâcha son souffle quand il la vit enfin. Ses cheveux étaient dénoués, longs et lisses, et lui arrivaient presque à la taille. En trench-coat et talons aiguilles, elle examina les lieux d'un air à la fois calme et royal – si l'on faisait exception de l'excitation qui brillait dans ses yeux.

Un sentiment similaire l'envahit, qu'il fit de son mieux pour réprimer. Il n'avait aucune raison d'être « excité » en sa présence. Il avait accepté qu'elle vienne car il avait eu de la peine pour elle, seule dans l'appartement à travailler. Elle travaillait trop, dans l'espoir sans doute de se prouver quelque chose à elle-même. Pourtant, elle était parfaite comme cela.

Réprimant ses pensées, il nota avec satisfaction la façon dont ses gardes du corps étudiaient la foule avant de permettre à Alexa d'aller plus avant. La soirée était réservée à des invités triés sur le volet et il avait personnellement vérifié la liste, mais il ne voulait prendre aucun risque avec la sécurité d'Alexa.

« Étrangement, je me sens en sécurité avec toi. »

Un muscle de sa mâchoire tressaillit. Elle avait fait référence à ses besoins professionnels, se souvint-il, mais lui songeait à tout autre chose. Jurant devant le tour que prenaient ses pensées, il se concentra sur les écrans.

Un membre du personnel s'approchait d'Alexa, lui indiquant par gestes qu'il voulait lui prendre son manteau, et l'estomac de Rafe se noua en la voyant défaire lentement sa ceinture et secouer les épaules pour faire glisser l'étoffe sur ses bras.

L'instant suivant, il faillit s'étouffer.

La robe qu'elle portait était noire, moulante et minimale à l'extrême. Des collants transparents gainaient ses jambes, qui paraissaient interminables avec ces talons aiguilles. Sa taille semblait minuscule et ses seins, ronds et voluptueux.

Au premier regard intéressé que les hommes lui lancèrent, Rafe se rua vers l'ascenseur avant même de savoir ce qu'il faisait. Elle allait causer une émeute s'il ne la couvrait pas rapidement.

— Je me sens si vivante. Presque électrique, dit Alexa avec excitation lorsqu'elle aperçut Rafe. Cet endroit est fantastique. Sombre et mystérieux, comme si quelque chose de magique pouvait survenir à tout instant. Mais il y a aussi une touche romantique, avec les effets d'éclairage bleu et mauve sur les murs. Quant à la musique…

Hannah interrompit son bavardage en lui tendant une coupe de champagne.

— Vous êtes superbe, dit-elle, en extase. Cette robe vous va à ravir. Vous ne trouvez pas, Rafe ?

— Elle est parfaite.

Alexa leva un sourcil interrogateur devant sa drôle de réponse. Il allait devoir se ressaisir s'il ne voulait pas plonger les mains dans ses cheveux lustrés et quitter le night-club sur-le-champ pour passer avec elle le genre de nuit torride qui correspondait à sa réputation.

— Grâce à vous, Hannah, dit Alexa en lui adressant un grand sourire. J'ai passé un après-midi fantastique avec vous.

— C'était un plaisir, répondit Hannah. J'échangerais tous les jours avec plaisir des heures de bureau contre des heures de shopping.

— Tout va bien ? demanda Alexa en se tournant enfin vers Rafe. Tu as l'air en colère.

— Je ne suis pas en colère, mais je te suggère de ne pas te pencher en avant dans cette robe.

— Est-elle trop courte ? Hannah m'a assuré qu'elle se fondrait dans la foule.

Il lança un regard réprobateur à Hannah.

— Hannah s'est trompée.

— Bon, le devoir m'appelle, répondit Hannah avec tact. Amusez-vous bien, tous les deux.

Alexa lissa sa robe du mieux qu'elle put.

— Elle n'est pas plus courte que celles des autres invitées, dit-elle, sur la défensive. Pour être honnête, je ne pensais pas que ça te gênerait, vu les photos de certaines femmes avec lesquelles tu sortais.

Sans doute, mais aucune de ces femmes n'avait été son épouse et il n'avait jamais fait attention aux hommes qui leur lançaient des regards admiratifs. Ce qui n'était pas le cas maintenant.

— Allons à ma table.

Là au moins, elle serait en sécurité. Elle pourrait voir tout ce qui se passait du balcon du troisième étage, qui offrait une vue sur les deux pistes de danse à demi-niveau, avant qu'il la renvoie chez lui.

Elle le suivit de près, la main posée sur la manche de sa chemise pour ne pas le perdre dans la foule. Il pensa un instant la faire passer devant lui, mais la vue de ses fesses rebondies lui aurait fait perdre tout contrôle.

— Je ne connais pas les night-clubs, dit-elle tandis qu'il l'entraînait à sa suite dans l'escalier en colimaçon doté de marches et de panneaux en verre, mais je doute qu'il y en ait de plus beaux que celui-ci. Tu peux être fier de toi.

Ravi de ses éloges, il sourit.

— Je suis heureux que tu l'apprécies.

Arrivé à destination, il la fit asseoir sur le sofa en demi-cercle tendu de velours. Ses jambes étaient partiellement cachées par la petite table centrale, mais restaient son décolleté vertigineux et son grand sourire, ce qui n'était pas mieux.

Ignorer la tension qui émanait de Rafe n'était pas chose facile, mais, après deux coupes de champagne, Alexa arriva à gérer la situation. Ce genre de lieu n'existait pas au Bérénia et, quand bien même elle avait l'habitude d'être au centre de l'attention, elle ne s'était jamais sentie très à l'aise en public. Mais ici, dans ce night-club, elle pouvait être qui elle voulait. Rien ne l'obligeait à se comporter comme une princesse couronnée. Elle pouvait enfin se détendre. La sensation de son dos nu aiguisait ses sens et la faisait se sentir très différente. La musique forte aux pulsations rythmées avait le même effet.

Elle jeta un regard en coin à Rafe, en pleine conversation avec un homme qui s'était arrêté à leur table. Ici, c'était son domaine et elle aimait le voir à l'œuvre. Elle aimait être reléguée à l'arrière-plan car elle pouvait être comme n'importe laquelle de ses conquêtes : une femme qu'il emmènerait ensuite chez lui. Dans son lit.

Du regard, elle étudia ses larges épaules et ses soyeux cheveux noirs. Elle avait toujours pensé que l'homme idéal serait quelqu'un d'honnête et de bon. Comme Jag, qui avait représenté pour elle la quintessence du mari parfait compte tenu de son comportement chevaleresque avec elle quand elle était plus jeune. Malgré tout, le roi de Santara avait beau être séduisant, il n'avait jamais mis ses sens en émoi comme le faisait Rafe. Il ne lui avait jamais donné envie de s'asseoir à califourchon sur ses cuisses dures, comme elle rêvait de le faire maintenant.

Comme s'il lisait dans ses pensées, Rafe tourna la tête vers elle. Instinctivement, le regard d'Alexa se posa sur sa bouche sensuelle et sa barbe naissante. Avec sa chemise noire et ses épais cheveux ondulés, il ressemblait à un pirate des temps modernes.

Elle saisit sa coupe de champagne, s'efforçant d'ignorer les battements frénétiques de son cœur. Que répondrait-il si, s'approchant subrepticement de lui, elle lui murmurait à l'oreille qu'elle voulait changer les termes de leur marché ? Qu'elle voulait coucher avec lui – que cette relation soit vide de sens ou pas ?

— Tout le monde s'accorde sur le fait que le night-club est fantastique, à ce que je vois, dit-elle lorsque l'interlocuteur de Rafe s'éloigna. Tu dois être fier de toi.

— Créer quelque chose comme ça est un travail d'équipe. Je ne suis pas le seul responsable.

— Mais il faut un visionnaire pour concevoir ce genre de projet, puis quelqu'un qui prendra le risque de le créer.

Il but une gorgée de champagne et elle fut fascinée par les mouvements de sa gorge. Le souffle court, elle eut le sentiment que la pièce caverneuse se rétrécissait, tandis qu'elle observait Rafe avec une intensité presque sexuelle.

Cet homme n'était peut-être pas fait pour elle, mais cela ne l'empêchait nullement de le désirer. Il était si facile de parler avec lui, si facile d'être en sa compagnie. C'était séduisant, de dire quelque chose à un homme qui écoutait. Et elle se sentait bel et bien en sécurité avec lui. En sécurité et terriblement sensuelle. Surtout quand il l'embrassait.

— Alexa, si tu n'arrêtes pas de me regarder ainsi, je risque de faire quelque chose que nous regretterons tous les deux.

Sa voix riche et profonde coula en elle comme du miel chaud.

— Comme quoi ?

Ses yeux bleus devinrent incandescents, son corps se figea, et elle sut qu'il retenait son souffle.

— Des choses qu'il vaut mieux que tu ne connaisses pas.

Elle s'humecta les lèvres de sa langue.

— Et si je veux les connaître ?

— Il n'en est pas question.

Ses mots brusques réveillèrent toutes ses incertitudes et son manque de confiance en elle. Que faisait-elle ? Elle n'était pas une femme fatale. Elle était la femme qui faisait fuir les hommes.

Mais tu sais déjà qu'il va s'en aller. C'est pour ça que tu l'as choisi, lui souffla une petite voix intérieure.

Encouragée par cette petite voix, par sa robe moulante et par l'homme séduisant assis à ses côtés, elle décida de tenter le tout pour le tout. Le cœur battant, elle croisa lentement les jambes et rassembla ses cheveux d'une main pour les ramener sur son épaule.

— Pourquoi ne me laisserais-tu pas décider de ce que je veux ? Je ne suis pas une enfant, Rafe.

— Je sais bien, répondit-il. Personne ne se méprendrait en te voyant dans cette robe.

— Tu n'aimes pas ma robe ?

Avant qu'il puisse répondre, Hannah, un grand sourire aux lèvres, s'arrêta devant leur table.

— Tout va bien, patron ?

— Tout est parfait, Hannah. Allez boire un verre ; vous êtes libre désormais.

— Dieu merci, s'écria-t-elle en souriant à Alexa. Je rêve d'aller danser. Avez-vous dansé ce soir, Votre Altesse ?

— Je vous en prie, appelez-moi Alexa. Un titre semble si déplacé, ce soir. Ce soir, je veux seulement m'amuser.

— Dans ce cas, allons danser. Vous venez, patron ?

— Non.

— Ça vous dérange si Alexa vient avec moi ?

— Oui.

Mais Alexa se levait déjà.

— Ne l'écoutez pas, Hannah. J'adorerais aller danser. Je suis venue pour ça.

Hannah éclata de rire.

— J'aime beaucoup cette femme. Faites attention de ne pas la perdre, patron.

Descendant l'escalier, Alexa sentait le regard de Rafe posé sur elle, mais ne se retourna pas. Elle connaissait instinctivement ce jeu indémodable qu'il avait commencé à jouer avec elle au palais d'été et qui s'était arrêté net quand son père les avait forcés à se marier. Eh bien, personne ne le forçait à faire quoi que ce soit maintenant et, s'il ne voulait pas d'elle, elle trouverait quelqu'un d'autre. Après tout, cela avait été le but – gagner du temps pour trouver enfin l'homme de sa vie.

Malheureusement, elle semblait obnubilée par un seul homme en ce moment : *son prince charmant*.

— Cet endroit sera à la mode pendant des années, dit Hannah en haussant la voix pour se faire entendre par-dessus la musique. J'adore mon travail !

Elle agita les mains d'un geste enthousiaste et Alexa se détendit peu à peu, se déhanchant sur la musique d'une façon sexy et libératrice.

— Alors vous aimez travailler pour Rafe ?

— Il est merveilleux. Et je ne dis pas ça parce que vous êtes son épouse ; c'est vrai. Il est généreux, rigoureux et si gentil. Le mois dernier, il m'a demandé d'organiser un voyage d'un mois aux Caraïbes tous frais payés, ainsi que six mois de vacances payés pour un de nos comptables dont la femme est malade. C'est un patron de rêve.

Un patron de rêve ? Hannah venait de décrire l'homme de ses rêves. Elle n'avait certainement pas décrit quelqu'un d'égoïste et d'hédoniste.

— Vous êtes une femme chanceuse, poursuivait-elle. De nombreuses femmes ont dû avoir le cœur brisé le jour de votre mariage.

— Ça suffit, Hannah.

Alexa pivota. Rafe se tenait immobile devant elle, tranchant avec les corps tournoyant autour d'eux. Lentement, incapable de le quitter des yeux, elle baissa les bras.

Hannah éclata de rire.

— Je croyais que vous ne vouliez pas danser ?

— C'est exact, répondit Rafe tandis que son regard ardent se posait sur la silhouette d'Alexa, faisant monter une douce chaleur en elle. Allez vous chercher à boire, Hannah. Votre mission s'arrête ici.

— Je vois ça, dit Hannah avec un grand sourire, avant de disparaître dans la foule.

Alexa ne remarqua pas le départ d'Hannah ; elle n'avait

d'yeux que pour Rafe qui la dévisageait comme un prédateur regarderait sa proie.

— J'aime beaucoup ta robe, mais je te préfère toi.

— C'est vrai ?

Il posa les mains sur sa taille.

— Beaucoup trop. J'ai fait de mon mieux pour ne pas succomber à la tentation mais tu m'as vaincu, dit-il d'une voix basse et sexy. Mais cela ne fera pas qu'estomper les lignes entre nous, princesse, cela les effacera.

— Cela m'est égal.

Une lueur dangereuse illumina son regard.

— Et si c'était une nouvelle erreur ? demanda-t-il.

— Essaies-tu de me faire changer d'avis ? Je ne suis plus une jeune fille naïve, Rafe. J'ai grandi depuis. Je sais qu'il ne s'agit pas d'amour entre nous, alors si tu as peur que je tombe amoureuse de toi comme les autres femmes, rassure-toi, ça n'arrivera pas.

— Je n'ai pas peur de ça.

— De quoi as-tu peur, alors ?

Il leva la main et lui caressa les cheveux du bout des doigts. Ils auraient pu être seuls, vu le peu d'attention qu'ils portaient aux autres danseurs.

— J'ai peur de ne pas pouvoir m'arrêter une fois que tu seras mienne. J'ai peur de trop te désirer.

Ses propos lui ravirent le cœur.

— Alors, prends-moi, murmura-t-elle, pressant son corps contre le sien. Prends-moi et montre-moi à quoi ressemble le véritable plaisir.

Étouffant un juron, il captura ses lèvres. Ce fut comme si un volcan entrait en éruption, puis déversait sa lave brûlante en elle. Son corps s'embrasa, son esprit se vida de toute pensée cohérente. Seuls l'instant présent et cet homme lui importaient.

Mais cela prit fin trop vite. L'instant d'après, Rafe redressait la tête et pressait Alexa contre lui.

— Nous ne pouvons pas rester ici.

La traînant presque derrière lui, il s'arrêta brièvement devant ses gardes du corps, avant de la guider au travers d'un dédale de couloirs étroits jusqu'à une lourde porte, qu'il ouvrit pour elle. Jetant un regard alentour, elle comprit qu'ils se trouvaient dans un garage souterrain à côté d'une rutilante moto noire. Rafe sortit une veste en cuir de sous le siège et la lui enfila. La veste était immense, imprégnée de l'odeur de Rafe.

— Et toi ? demanda-t-elle, lorsqu'elle remarqua qu'il n'y avait qu'une veste.

— J'ai bien assez chaud.

Plusieurs réponses lui vinrent, mais elle n'avait pas l'expérience suffisante pour badiner avec lui.

Il saisit un casque et se tourna vers elle. Il lui effleura les cheveux d'une main et prit une profonde inspiration.

— Tes cheveux sont magnifiques.

Il agrippa une mèche de cheveux, puis inclina la tête et captura ses lèvres en un baiser passionné qui embrasa à nouveau ses sens.

Lorsqu'il la relâcha enfin, elle gémit doucement.

— Rentrons, dit Rafe en lui posant le casque sur la tête.

Prenant sa main, Alexa se hissa sur le siège et tira en vain sur sa jupe.

— Accroche-toi, lui conseilla Rafe. Je roule vite.

Obtempérant à sa requête, elle noua les bras autour de sa taille svelte.

7.

Rafe roula aussi vite qu'il l'avait promis. Alexa commençait à s'habituer à la vibration du moteur et à l'enchantement de se trouver sur une moto pour la première fois de sa vie quand il descendit à vive allure le plan incliné qui menait au garage.

L'instant d'après, ils étaient dans l'ascenseur et s'élevaient dans les étages. Rafe l'étudiait mais ne la touchait pas. Douloureusement consciente de sa présence si virile, elle mit ce temps à profit pour reprendre son souffle.

Sortant de la cabine, elle lissa sa robe pour s'occuper les mains. Maintenant qu'elle était là, prête à passer à l'acte, elle eut un moment d'hésitation.

— Alexa ?

Debout devant elle se tenait Rafe, grand, sombre et dangereusement viril. L'intensité de son désir était telle qu'il serrait les mâchoires, faisant battre plus vite le cœur d'Alexa.

C'était à la fois enivrant et effrayant, pour quelqu'un qui réfléchissait toujours aux conséquences de ses actes. Or elle n'avait pas vraiment réfléchi à la question. Mais elle savait aussi qu'elle n'éprouverait sans doute plus jamais pareil sentiment envers un homme.

— Tu es toujours avec moi, princesse ?

Il posa les mains sur ses épaules. Elle soutint son regard. Consciente que tout ceci aurait sûrement une plus grande signification pour elle que pour lui, elle s'en moquait malgré tout. Quand ils mettraient fin à leur mariage, elle chérirait toujours ce souvenir, ce moment inoubliable. Réprimant ses dernières inhibitions, ses ultimes inquiétudes, elle avança d'un pas et se blottit dans ses bras.

— Oui, dit-elle dans un souffle. Je suis toujours avec toi.

La prenant au mot, il l'accula contre la porte et l'embrassa avec passion, comme s'il voulait la marquer de son sceau. Elle entrouvrit les lèvres et se laissa envahir par sa langue chaude et hardie. Elle noua les bras autour de son cou, glissant les mains dans ses cheveux pour l'attirer à elle.

— Tu sens le sucre et… le cuir, dit-il en lui retirant la veste qu'il laissa tomber sur le sol.

L'excitation la saisit devant son regard incandescent et elle vacilla sur ses jambes ; seuls les bras de Rafe, noués autour de sa taille, la maintenaient debout. Lorsqu'il posa les mains sur ses fesses, elle laissa échapper un gémissement.

Brûlant de toucher sa peau, elle tira sur sa chemise pour la libérer et un frisson de plaisir la saisit lorsqu'elle effleura des doigts sa peau soyeuse.

Sa caresse dut libérer quelque chose de primal en lui car il approfondit son baiser, tandis que ses mains partaient à la découverte de son corps.

— Rafe…, dit-elle, rejetant la tête en arrière lorsqu'il pressa son sexe dur contre sa douce moiteur.

Jurant tout bas, il la souleva dans ses bras et l'emporta dans sa chambre. Puis il la fit glisser jusqu'à ce qu'elle se tienne debout devant lui. D'une main experte, il trouva la fermeture sur le côté de sa robe et la libéra adroitement de sa tenue et de son soutien-gorge. Puis il lui tint les mains écartées pour mieux la regarder.

— Tu es très belle, dit-il dans un souffle, capturant d'une main un de ses seins, tandis que de l'autre il saisissait sa nuque pour ramener sa bouche vers la sienne.

Le baiser fut à la fois doux et intense, et la sensation de ses doigts titillant ses tétons envoyait des étincelles dans tout son corps.

— Je t'en supplie…

Elle ne savait pas ce qu'elle le suppliait de faire, mais quand sa bouche se referma sur un de ses seins et qu'il en titilla la pointe gonflée de la langue, elle crut qu'elle allait tomber en pâmoison. Transférant son attention à l'autre sein, il laissa échapper un petit rire devant ses supplications. L'instant d'après, elle sentit la tiédeur du matelas contre son dos, tandis qu'il l'y allongeait.

Elle défit d'une main tremblante les boutons de la chemise de Rafe, pressée d'exposer son corps à sa vue. Il l'aida en secouant les épaules. La chemise glissa bientôt le long de son dos et elle put enfin caresser son torse et son dos nu. La taille et la puissance de ce corps tout en muscles étaient à couper le souffle et, même si une part d'elle savait qu'il était dangereux de le désirer autant, elle n'y pouvait rien. Elle était prisonnière de la fièvre qui la rongeait.

Il prit à nouveau possession de sa bouche en un mouvement viril et autoritaire, ses doigts brûlant sa chair comme il caressait la peau soyeuse entre ses cuisses. Il remontait toujours plus haut, jusqu'à ce qu'il l'enserre à travers sa petite culotte.

Elle laissa échapper un petit gémissement et lui mordilla l'épaule pendant que, du bout des doigts, il lui prodiguait d'affolantes caresses qui la laissèrent pantelante de désir.

— Rafe, s'il te plaît…

Souriant, il goûta ses seins et de la langue excita ses tétons durcis.

— S'il te plaît quoi, ma douce ?

Il continua à la caresser, à la torturer, dégageant avec une lenteur exquise le tissu en dentelle jusqu'à ce que ses doigts trouvent et écartent les plis de son intimité. Alors il plongea ses doigts experts entre ses lèvres humides.

Ivre de désir, elle se demandait qui des deux gémissait le plus fort, mais lorsque les doigts de Rafe se livrèrent à un ballet voluptueux, elle oublia tout et poussa un long cri tandis que le plaisir ruisselait en elle.

Elle avait dû perdre conscience car soudain sa culotte avait disparu et Rafe avait capturé ses fesses et soulevé ses hanches jusqu'à sa bouche pour mieux aplatir sa langue contre son sexe. Il la titilla avec malice jusqu'à ce qu'explose en elle un nouvel orgasme.

Épuisée, haletante, elle fut incapable de bouger même

lorsque Rafe se hissa sur son corps, embrassant chaque centimètre carré de sa peau.

— Tu es incroyable, dit-il, extatique, en s'allongeant sur elle avec une grâce féline.

Elle se sentait incroyablement bien mais elle en voulait plus. Lorsque Rafe se mit à genoux et défit son pantalon, elle écarquilla les yeux. Le souffle court, elle l'observa faire glisser l'étoffe sur ses hanches, libérant son sexe.

Inconsciente de s'être pourléchée les lèvres jusqu'à ce qu'il pousse un long grognement sourd, elle s'assit et fit courir ses mains sur son torse et sa toison, aussi douce que la fourrure du loup. Poursuivant son exploration plus bas, elle ne put s'empêcher de tendre la main pour le toucher. Au moment où elle enfermait entre ses doigts son long sexe tendu, elle leva les yeux vers lui. Les yeux à moitié fermés, il l'observait, ce qui la rendit plus audacieuse encore.

Le caressant d'une main ferme, elle sentit ses mains lui agripper les cheveux, tandis qu'il pressait son sexe contre ses lèvres. Son goût terreux au parfum si masculin explosa sur sa langue. Elle entrouvrit les lèvres et le prit dans sa bouche. Une sensation de pouvoir l'envahit lorsqu'elle sentit ses doigts agripper plus fermement ses cheveux et qu'il poussa un râle. Adorant la sensation que cela lui procurait, elle accentua la pression de ses lèvres jusqu'à ce qu'elle l'entende pousser un juron. L'instant suivant, elle sentit confusément qu'il la relevait et l'allongeait devant lui tel un festin.

Un frisson la parcourut lorsqu'il lui écarta les jambes et promena son regard sur elle. Sortant un préservatif du tiroir de la table de nuit, il l'enfila puis s'arc-bouta sur ses mains, posées de chaque côté de son visage. Fascinée, elle ne put le quitter des yeux, tandis qu'il entrait lentement en elle.

Il dut sentir lui aussi la force de cette connexion car il captura ses lèvres pendant qu'il instaurait un va-et-vient voluptueux, l'emplissant tout entière et l'envoyant sur les hauteurs tourbillonnantes de l'extase, avant de la suivre aussitôt en poussant un cri rauque.

Se réveillant après ce qui avait vraisemblablement été la meilleure expérience sexuelle de sa vie, Rafe jeta un coup d'œil à la femme blottie dans ses bras, ses cheveux sombres étalés sur les draps blancs comme une cascade de soie noire. Alexa dormait, la tête nichée dans le creux de son épaule et son souffle chaud contre son torse. S'attendant à ce que son habituel besoin d'espace et d'indépendance s'abatte sur lui, il fut surpris quand rien ne se passa. Il se sentait même comblé.

Le concept inconnu pénétra son esprit, puis disparut tout aussi rapidement. Le sexe ne le comblait jamais. Ce n'était pas cela qu'il ressentait. Il ressentait tout bonnement du plaisir après une semaine de frustration sexuelle. Il n'avait jamais autant désiré une femme et aucune ne lui avait procuré autant de plaisir. Avait-il vraiment pensé pouvoir l'ignorer, avec l'alchimie sexuelle qu'ils partageaient ? S'il avait pu le faire jusqu'à présent, c'en était terminé. Alexa s'était montrée réceptive et généreuse et si douce que le souvenir de ses mains et de sa bouche sur son corps ravivait le désir en lui.

Il caressa la peau soyeuse de son bras, entremêlant les doigts aux siens. Elle poussa un soupir et se détendit plus profondément. Elle avait travaillé tard la veille et était probablement exténuée. Elle prenait son travail à cœur, tout comme lui. Son important personnel comptait sur lui et il ne pouvait pas le décevoir. Alexa et lui étaient sans doute similaires sur ce point. Mais, contrairement à Alexa, il avait renoncé depuis longtemps à chercher l'approbation des autres. Et elle devrait elle aussi y renoncer quand elle serait reine, si elle ne voulait pas perdre pied. Mais pourquoi diable pensait-il à l'avenir d'Alexa ?

Il ne se préoccupait pas d'habitude de la vie des femmes avec lesquelles il couchait. Il était déjà passé à autre chose – une nouvelle tâche ou un nouveau projet. En effet, il aimait aller de l'avant, se sentir piégé était son pire cauchemar. Mais pourquoi perdre du temps à des pensées aussi futiles, quand il avait une femme au corps nu et chaud dans son lit ? Une femme qui serait réceptive à ses avances s'il la réveillait d'un doux baiser sur ses lèvres délectables.

Du moins, il supposait qu'elle serait réceptive. Toutes les femmes avec qui il avait couché l'étaient, mais Alexa n'était pas comme les autres. Elle ne jouait pas à de petits jeux avec lui : elle ne faisait pas la timorée pour attirer son attention, pas plus qu'elle ne se transformait en gamine capricieuse quand elle l'avait obtenue. Alexa était bien trop directe, et sincère. En même temps, elle n'avait pas besoin de jouer avec lui car ils étaient déjà mariés. Elle portait son alliance et lui la sienne.

Il leva la main vers le clair de lune qui filtrait entre les rideaux entrouverts. La pièce était trop sombre pour lui permettre de voir l'or, mais il distingua la forme de l'anneau. Lorsqu'elle le lui avait glissé au doigt, le poids lui avait paru étrange et peu agréable. C'était drôle, de ne plus du tout ressentir la même chose. *Au contraire*.

Quelque chose remua en lui, une émotion indésirable qui comprima sa poitrine.

Comme si elle devinait son mal-être, Alexa posa une jambe sur sa cuisse. Une brusque bouffée de désir le saisit, une fringale primitive qui confinait presque à la nécessité.

Et il n'aimait pas cela. Le mot « nécessité » avait un côté permanent qu'il rejetait en bloc. Le désir, alors ? Le désir était quelque chose qu'il comprenait. Soudain, il eut envie de réveiller Alexa avec une multitude de petits baisers sur l'épaule puis sur toute la longueur de son corps.

Elle remua encore et poussa dans son sommeil de petits gémissements qui lui firent perdre le fil de ses pensées. Puis son corps se raidit, elle se réveilla, et il la prit dans ses bras, caressant la peau soyeuse de son dos.

— Dors, princesse, murmura-t-il, bien que dormir soit la dernière chose à laquelle il pensait. Tu es fatiguée.

— Dormir ? fit-elle en levant la tête vers lui. Je…

Elle semblait agitée, tandis qu'elle le dévisageait d'un regard incertain. Elle s'humidifia les lèvres du bout de la langue et se trouva allongée sur le dos tandis que Rafe l'embrassait avec passion.

Après un bref moment d'hésitation, elle noua les bras autour de son cou et pressa son corps contre le sien.

Le désir le terrassa lorsqu'il entendit les petits gémissements de plaisir qu'elle poussait lorsqu'il promenait sensuellement la pointe de sa langue sur les contours de sa bouche. Son corps aurait été prêt à la prendre tout de suite. Mais il voulait aussi la savourer, goûter son corps et sa douceur.

Adorant la façon dont elle s'agrippait à lui, il lui déposa une multitude de petits baisers sur le visage : d'abord, sur ses joues, puis sur ses paupières et enfin sur son nez. La sentant totalement détendue, il se laissa glisser sur elle, embrassant et léchant son cou.

Ses superbes seins pointaient vers le ciel. Ils avaient la rondeur des fruits mûrs, et il prit un mamelon, puis l'autre dans sa bouche. Il se positionna entre ses jambes et, du genou, écarta ses cuisses pour s'enfoncer dans sa chaude moiteur. Elle hoqueta son nom lorsqu'il la pénétra lentement. La sueur perlait à son front tandis que son corps l'accueillait, ses muscles internes se resserrant par vagues autour de lui.

— Alexa…, murmura-t-il, se souvenant à la dernière minute qu'il n'avait pas mis de préservatif.

Sérieusement perturbé d'avoir failli oublier de se protéger, il tendit la main vers la table de nuit et enfila à la hâte un préservatif, avant de la pénétrer à nouveau.

Elle eut un orgasme presque immédiatement et sa jouissance entraîna la sienne, le faisant perdre tout contrôle dans un maelström de sensations.

Ouvrant les yeux, Alexa se retrouva blottie dans les bras de Rafe pour la deuxième fois ce matin-là. Elle se raidit, sa nudité la rendait vulnérable. Non pas qu'elle regrettât ce qu'ils avaient partagé, au contraire elle avait aimé cela un peu trop. Son instinct lui dictait de garder ses distances car elle avait beau avoir anticipé le plaisir, elle n'avait pas pensé au lien émotionnel qu'elle avait ressenti quand leurs deux corps s'étaient unis. Hélas, elle était certaine que Rafe n'avait rien ressenti de tel. Nul doute que la nuit avait été quelque chose de normal pour un homme de son expérience, et elle devait le garder tout le temps à l'esprit.

Mais cela avait été formidable. La façon dont il avait chéri son corps, les doux baisers qu'il lui avait prodigués, les puissants coups de reins dont il l'avait gratifiée… Cela avait été merveilleux, doux et magique.

Profondément endormi, Rafe était étendu sur le côté, un bras au-dessus de la tête, l'autre noué autour de sa taille. Se dégageant de ses bras, elle en profita pour l'étudier. Nu, il était superbe. Le gonflement de ces biceps et de ses épaules musclées, son torse large et la fine toison qui divisait son ventre plat, le contour de sa hanche qui suscitait à nouveau en elle l'envie de poser les lèvres sur sa peau soyeuse.

Il n'avait pas perdu de son pouvoir ou de son autorité dans le sommeil, mais il avait tout de même l'air plus paisible. Ce qu'elle avait appris sur lui la veille lui revint. Sa générosité envers ses employés, son éthique de travail et la façon dont ses employés le traitaient, avec déférence et respect. Hannah avait chanté ses louanges, et pas parce qu'il était prince. Son assistante l'appréciait et l'admirait pour ce qu'il était.

Un homme honnête et gentil, même s'il ne l'admettrait jamais, Alexa commençait à s'en douter. Et pourquoi donc ? Pourquoi cachait-il cette facette de sa nature ? Et pourquoi, s'il la désirait tant, s'était-il tenu éloigné d'elle toute la semaine ?

Était-ce par déférence envers elle ? Craignait-il qu'elle tombe amoureuse de lui ? Ou était-ce autre chose ? Quelles que soient ses raisons, elle s'était montrée très peu perspicace en croyant tout ce qu'elle avait lu sur lui. Elle aurait dû se montrer plus avisée mais, à sa décharge, il n'aidait pas les choses en refusant de se défendre. Malgré tout, certaines choses étaient vraies. C'était un play-boy invétéré et il avait été un rebelle dans sa jeunesse, comme en témoignaient ses multiples frasques. Mais il y avait aussi un autre aspect moins connu de sa personnalité qu'elle aurait adoré approfondir.

Son regard se porta sur sa bouche et elle rougit au souvenir de la façon dont il l'avait comblée durant la nuit. Il avait certainement tenu sa promesse et lui avait fait oublier sa première expérience sexuelle désastreuse avec Stefano.

La façon dont elle était si aisément tombée sous le charme du bel Italien lui serra la gorge, même si les faits remontaient à fort longtemps.

Consciente du risque que l'histoire se répète, elle se leva, se dirigea vers sa chambre et entra dans la douche. Quand le gant savonneux passait sur un des endroits rendus sensibles par leurs ébats de la veille, elle gémissait. Rafe s'était montré à la fois tendre et exigeant, et le souvenir de ce qui avait provoqué certaines marques la faisait sourire. Elle se tança une fois de plus : elle ne devait surtout pas s'appesantir sur ce qui s'était passé entre eux. Enfilant son kimono, elle partit chercher un bon café.

Il n'y avait pas de raison que le fonctionnement de la machine lui échappe ! Elle en était à sa quatrième tentative quand un rire éclata derrière elle.

— Pour intelligente que tu sois, cette machine semble avoir le dessus.

Elle jeta un regard par-dessus son épaule. La haute silhouette de Rafe était appuyée au chambranle de la porte et un regard amusé faisait briller ses yeux bleus si sexy. Il avait enfilé un pantalon de survêtement et était resté torse nu. Quand il croisa les bras, ses biceps se gonflèrent sur son torse.

— Pour un homme avec une si grande garde-robe, tu sembles avoir oublié de mettre une chemise.

Un sourire sensuel ourla ses lèvres et il se dirigea vers elle.

— Pourquoi couvrir ce que tu regardes avec tellement de plaisir ?

— Quelle arrogance, fit-elle.

Mais lorsqu'il noua les bras autour d'elle et enfouit le nez dans son cou, elle retint son souffle.

— Pourquoi ne m'as-tu pas réveillé quand tu t'es levée ?

— Je ne voulais pas te déranger.

Elle n'avait pas voulu non plus qu'il lise dans ses yeux la panique qui la poussait à se lever.

Du bout des lèvres, il lui effleura l'oreille, puis il la mordilla.

— La prochaine fois, tu me réveilles, d'accord ?

Lui prenant le menton, il lui fit tourner la tête pour l'embrasser et elle poussa un soupir en se lovant contre lui.

Il redressa enfin la tête et tendit la main pour changer la programmation de la machine, puis appuya sur START.

— Mais alors, dit-il, tu n'as pas eu de café de toute la semaine ?

— Non, ton très serviable concierge m'en a apporté un du café d'en face tous les matins.

Il la fit pivoter et noua les bras autour de sa taille.

— Là, tu me surprends, ma belle.

Les mots tendres firent battre son cœur plus vite. Elle se sentait si bien dans ses bras. Si seulement elle avait pu arrêter le temps…

La sonnerie signalant que son café était prêt mit fin à ce moment de tendresse. Alexa saisit la tasse que Rafe lui tendait et inhala avec délectation le divin arôme.

Il glissa les doigts dans ses longs cheveux et les fit ruisseler sur ses épaules.

— Tu ne devrais pas les attacher.

— Ce n'est pas pratique, de les avoir dénoués.

— Ce qui est pratique est ennuyeux.

Il déposa un baiser sur sa bouche, puis s'écarta et prit sa tasse de café à lui. Alexa, sous le couvert de ses longs cils, observa son dos musclé, et une douce chaleur monta en elle.

Lorsqu'il se retourna et surprit son regard, l'air vibra d'énergie sexuelle contenue. Il plissa les yeux, ses prunelles s'assombrirent, et un frisson d'excitation la traversa tout entière juste au moment où son estomac protestait bruyamment.

Mortifiée, elle posa les mains sur son ventre.

Rafe éclata de rire.

— Les princesses n'ont pas le droit de faire des bruits corporels ?

— Pas devant tout le monde.

— Tout le monde ? Je ne suis pas tout le monde. Je suis ton mari, fit-il en lui massant la nuque, ce qui lui tira des soupirs d'aise. Et ton amant. J'ai donc droit à certains privilèges.

Elle ne devait pas se fier à ses propos, elle le savait,

mais ne put malgré tout se résoudre à s'écarter. Être avec un homme comme lui était à la fois nouveau et enivrant.

— Entendre mon ventre gargouiller, par exemple ? demanda-t-elle d'un ton dubitatif.

— T'inviter dehors pour le petit déjeuner. D'ailleurs, nous devrions partir pour la journée entière. Nous pourrions commencer par cet endroit qui sert des petits déjeuners anglais complets, puis aller visiter les endroits que tu n'as pas eu le temps de voir cette semaine.

— Vraiment ? demanda-t-elle, les yeux pleins de joie.

Puis elle se souvint avoir promis d'envoyer le rapport sur lequel elle travaillait depuis quelques jours.

— J'aimerais beaucoup venir, mais je ne peux pas. J'ai du travail à terminer.

— Mais non, protesta-t-il. Non seulement tu as besoin de repos, mais on est dimanche.

— Ah oui, effectivement. J'avais perdu la notion du temps, ce qui ne m'arrive *jamais*.

— Tu travailles trop et, même si je respecte ton dévouement, tu devrais apprendre à prendre du temps pour toi.

— Comme maintenant ?

Sans attendre sa réponse, elle poursuivit.

— Le rapport que je dois terminer n'est pas si urgent et… être ici avec toi est un vrai plaisir. Nous prendrons ta moto ?

Il rit devant son ton plein d'espoir.

— Tu as aimé en faire, n'est-ce pas ?

— J'ai adoré, répondit-elle, extatique. Surtout les virages, quand tu te penchais.

Il lui posa les mains sur la taille, et l'attira à lui.

— Ça me plaît, que tu aimes la moto, dit-il, avant de l'embrasser longuement, mettant ses sens en émoi.

Le désir la consuma comme un feu brûlant et, glissant les doigts dans ses cheveux, elle poussa de petits gémissements. La main posée sur la ceinture de son kimono, il marmonna quelque chose d'incompréhensible.

— Encore un peu et nous ne quitterons pas l'appartement.

— Oh ! alors nous devons arrêter tout de suite.

Reculant d'un pas, elle resserra la ceinture de son kimono et lissa ses cheveux.

Il secoua la tête.

— Tu me délaisses pour un quintal de métal. C'est bon à savoir.

Elle lui adressa un sourire taquin.

— C'est un gros morceau de métal, tout de même, et il est bien profilé.

Il voulut la punir en l'embrassant, mais elle s'écarta de son chemin en riant.

Le petit déjeuner fut aussi copieux que Rafe l'avait promis et Alexa ne vint pas à bout de son assiette. Il la taquina et dévora ses restes d'œufs aux épinards comme s'il n'en avait pas déjà englouti une énorme assiette.

Le café où il l'avait amenée était chaleureux et simple, ce qu'elle appréciait sans doute, devina-t-il. C'était l'opposé de son mode de vie habituel, avec couverts en argent massif et décorum protocolaire.

Après avoir réglé l'addition, il prit la main d'Alexa et l'entraîna hors du café comme un couple normal de Londoniens profitant d'une journée printanière en ville. Se hissant sur la grosse moto noire, il releva la béquille du pied, puis aida Alexa à s'installer derrière lui. Il lui avait à nouveau donné sa veste en cuir et elle recroquevilla ses doigts dans les manches trop longues pour se réchauffer. La température printanière était fraîche, mais la visière du casque la protégeait et elle se moquait du temps, tant elle était contente d'être avec Rafe.

— Où veux-tu aller ?

— Je ne sais pas. À toi de décider, répondit-elle en nouant les bras autour de sa taille, tandis que la moto démarrait.

Rafe, excellent conducteur, pilotait sa moto avec dextérité dans les rues encombrées. Cela dit, il était doué pour nombre de choses. Pour les affaires, pour la danse et surtout pour faire l'amour…

Elle s'efforça de sortir de ses rêveries pour s'intéresser

aux monuments que le monde entier rêvait de visiter. Rafe prenait manifestement son rôle de guide au sérieux, mais elle s'intéressait plus à lui qu'à autre chose jusqu'à ce qu'ils passent devant un bâtiment d'aspect relativement banal duquel sortaient de nombreux chalands. Elle tapa sur l'épaule de Rafe pour lui demander de s'arrêter et, lorsqu'elle vit qu'il s'agissait d'un marché, elle battit joyeusement des mains.

Elle avait toujours été fascinée par les marchés, ce qu'on y voyait, ce qu'on y sentait. Elle adorait le mélange du vieux et du neuf, et l'idée d'y trouver un trésor caché. Elle avait d'ailleurs toujours les lunettes de soleil d'un vert criard que son père lui avait offertes lors d'une expédition dans un marché aux puces.

Lorsque Rafe vit à quel point elle était excitée, il soupira et échangea leurs casques contre deux bonnets.

— Ne regarde personne trop longtemps dans les yeux et reste à côté de moi. Je ne veux pas être impliqué dans une bagarre.

Elle leva les yeux au ciel. Ils avaient peut-être abandonné leurs gardes du corps pour la journée, mais elle ne s'était jamais autant sentie en sécurité… ni aussi heureuse.

— Comme si je risquais quoi que ce soit.

— Ma chérie, tu ne sais pas l'effet de tes yeux, de leur vert si exotique. Qui sait ce qui pourrait passer par la tête du premier venu.

Elle lui sourit.

— Avec de tels compliments, tu mérites d'être embrassé.

— Tu es belle à l'intérieur comme à l'extérieur, mais quand tu as glissé le long de mon corps cette nuit, et posé ta bouche sur…

— Rafe !

Sachant exactement ce qu'il s'apprêtait à dire, elle rit et se hissa sur la pointe des pieds pour l'embrasser. Sa bouche devint vite exigeante et le désir la foudroya.

Elle s'extirpa de ses bras en gémissant et recula d'un pas. Être ainsi près de lui, si détendue et naturelle, avait un effet libérateur pour elle. C'était comme si toutes ses craintes et inhibitions avaient été emportées et qu'elle n'avait plus à s'inquiéter de ce que l'avenir lui réservait.

— Allons-y, dit-elle en s'accrochant à son bras.

Elle avait pris quelques billets et entendait les dépenser. Flânant le long des étals, elle s'imprégna de musique reggae et de la délicieuse variété des aliments proposés. Elle s'arrêta pour acheter des chocolats, puis pour regarder de loin un jongleur australien aux cheveux bouclés.

Un peu plus tard, Alexa, alanguie par un nouveau moment d'amour, vêtue d'une chemise de Rafe et de grosses chaussettes, entra dans la cuisine où il mettait la touche finale à leur repas.

— Il cuisine, roule à moto *et* dirige une multinationale, dit-elle en prenant le verre de sauternes qu'il lui tendait. Y a-t-il quelque chose que tu ne sais pas faire ?

— Me concentrer quand tu es dans la pièce.

— Je peux m'en accommoder.

Elle rit, mais une soudaine mélancolie lui transperça le cœur.

Attention. Il ne te reste plus que sept jours.

— Que nous as-tu préparé de bon ?

— Un steak au poivre, des pommes de terre et une salade.

— Je suis encore plus impressionnée.

Rafe sourit à Alexa. Avait-il jamais autant apprécié la compagnie d'une femme ? Elle était intelligente, drôle et si belle… Il étudia son visage et ses yeux rieurs. Il aimait être ainsi avec elle – détendu et naturel, juste elle et lui sans interruptions extérieures. Certes, il aimait faire l'amour avec elle, mais l'avoir dans sa sphère privée le remplissait d'un sentiment de bien-être qu'il avait dû mal à expliquer. Peut-être était-ce parce qu'il pouvait l'entraîner au lit quand il le voulait. Parce que c'était ce qu'il voulait. Tout le temps.

— Comment se fait-il que tu saches cuisiner ? demanda-t-elle en prenant une carotte.

Heureux de pouvoir penser à autre chose, il répondit avec plaisir à sa question et émința des légumes.

— Lorsque je suis arrivé à Cambridge, j'ai partagé une maison avec quelques étudiants qui savaient à peine faire cuire un œuf. Comme j'avais développé un certain penchant pour la gastronomie grâce au chef du palais, je n'ai pas eu d'autre choix que d'apprendre. C'était ça ou je mourais de faim.

— Ton frère t'aurait sûrement fourni un chef cuisinier si tu le lui avais demandé.

— Sans doute, mais j'étais décidé à faire mon chemin. Ce que j'ai fait. Je faisais la fête, je buvais, j'étudiais et je jouais aux fléchettes. Tu réalises, j'espère, que tu as pour amant le champion des fléchettes de Cambridge ?

— Les fléchettes ? Ah, mon cœur palpite, fit-elle, moqueuse.

Il haussa un sourcil.

— Un peu de respect, s'il te plaît. C'est plus difficile qu'il n'y paraît.

— Ça a l'air amusant, la vie d'étudiant, répondit-elle en sirotant son vin. Pour ma part, j'ai eu des précepteurs à domicile, puis j'ai étudié à l'université du Bérénia, sous la protection de gardes du corps.

Il leva les yeux vers elle.

— Pas de soirées étudiantes pour la future reine ?

— Non, dit-elle en soupirant. En revanche, j'ai été acceptée dans une université américaine. Sol m'a aidée à poser ma candidature et, quand j'ai été acceptée, il a convaincu mon père de me laisser étudier à l'étranger. Puis j'ai commis mon erreur avec…

Rafe, notant la façon dont son sourire s'était éteint, cessa de couper les légumes.

— L'Italien ?

— Oui. Mon père a décidé que j'étais trop vulnérable pour partir si loin de la maison. Il avait sans doute raison.

— Absolument pas, princesse, et tu dois cesser de te sentir coupable. Ce qui s'est passé n'était pas ta faute. Tu as le droit de faire des erreurs, et tu dois vivre ta vie.

— Oui, mais j'aurais dû me montrer plus avisée.

Percevant l'angoisse dans sa voix, il se pencha vers elle et lui prit doucement le menton.

— Tu n'avais que dix-sept ans. Je suis sûr que ton père te serrait la vis quand tu étais jeune, alors quelle expérience avais-tu pour te protéger d'un homme comme lui ?

Elle le fixa longuement. L'avait-il offensée ? Soudain, elle sourit légèrement.

— Je me suis toujours reproché ce qui s'était passé. J'ai essayé de me montrer irréprochable par la suite, de toujours faire ce qu'on attendait de moi, mais… Pourquoi n'ai-je pas vu la situation comme tu viens de me la décrire ?

Il s'inclina vers elle et lui donna un rapide baiser, avant de lui tendre une autre carotte.

— Trop dure envers toi-même, peut-être ?

— Peut-être. C'est quelque chose dont je n'ai jamais pu parler avec quiconque, répondit-elle en l'observant cuisiner. Tu sais écouter. Et tu es quelqu'un de bien. Tu le savais ?

Il plaça les steaks sur le gril.

— Attention ou je vais avoir la grosse tête.

— Tu n'aimes pas les compliments. Pourquoi ?

— J'imagine que je n'y suis pas habitué. Je n'en ai pas entendu souvent dans ma jeunesse.

— Tes parents ne t'ont jamais félicité ?

— Mon père et moi ne nous sommes jamais bien entendus. Il m'a souvent dit qu'il me déshériterait si je ne faisais pas ce qu'il voulait.

— Mais c'est horrible.

— C'était dur pour nous tous, mais on s'y est habitués.

Il haussa les épaules. Il ne laissait jamais les émotions le submerger.

— Tu aimes les champignons ?

— Oui, répondit-elle, la tête ailleurs. Je me rappelle avoir entendu dire que ton père était souvent en colère contre toi et que tu étais toujours accusé des pires méfaits.

Il rit et retourna les steaks.

— J'adorais l'agacer, je faisais les pires bêtises.

— Au moins, il n'a pas mis sa menace à exécution pour

ce qui concerne l'héritage. Je n'ose pas imaginer ce que tu aurais ressenti s'il t'avait déshérité.

— Il l'aurait sûrement fait s'il n'était pas mort. Je sale tes pommes de terre ?

— Oui, très bien, éluda-t-elle. Et ta mère ? Elle non plus ne t'a pas dit que tu étais quelqu'un de bien ?

Comment la conversation était-elle passée si facilement d'elle à lui ? Il fronça les sourcils. Il lui en avait déjà plus dit sur lui qu'à quiconque et il était désormais submergé de souvenirs qu'il aurait préféré oublier.

— Ma mère avait ses propres soucis, et elle se souciait peu de nous. Elle est partie quand j'avais dix ans.

Il posa les steaks et les pommes de terre sur une assiette et assaisonna la salade.

— Dix ans ?

Voyant la compassion sur son visage, il sentit son ventre se nouer. Il se souvenait encore du matin où il s'était réveillé après que sa mère avait fui le palais au milieu de la nuit, pour ne plus jamais revenir.

— Tu l'as revue ?

— Non. Elle est partie en Europe, et Jag, Milena et moi sommes restés à Santara. Elle ne voulait pas de nous. Elle voulait une rupture nette, prendre un nouveau départ.

— Mais comment une mère peut-elle faire ça ?

— Toutes les femmes ne sont pas maternelles, princesse. Mangeons, fit-il en lui présentant les assiettes.

Alexa fut choquée par les révélations de Rafe. Elle ne savait pas qu'en penser. Selon les histoires qu'elle avait entendues sur sa propre mère, celle-ci avait été gentille et bienveillante, et Alexa aurait aimé avoir des souvenirs d'elle, contrairement à Rafe qui aurait manifestement tout donné pour ne pas en avoir.

Elle avait le cœur serré en pensant au petit garçon coincé dans une famille instable. La sienne non plus n'avait pas été particulièrement chaleureuse. Son père était généralement froid et distant, mais jamais elle n'avait douté de son amour pour elle.

— Cette épreuve t'a-t-elle rapproché de Milena et de Jaeger ? demanda-t-elle en le suivant jusqu'à la table.

Elle-même s'en était toujours remise à Sol quand elle déprimait, et il lui manquait terriblement.

— Oui et non. Milena était extrêmement jeune quand ma mère nous a quittés, et Jag était à l'internat, dit-il en posant leurs verres sur la table. J'espère que tu as faim.

Elle était affamée, mais se souciait peu de la nourriture.

— Tu en parles avec Jag et Milena ?

Il lui lança un regard étonné.

— Pourquoi ? Ils ont leur vie et moi la mienne.

— Ce serait pourtant une bonne chose. Comment sais-tu s'ils ne souffrent pas, eux aussi ?

Son regard devint soudain distant.

— Jag et Milena ont mon numéro, s'ils veulent m'appeler. Mais tu n'as pas à t'inquiéter de ça, dit-il avec emphase. Je vais bien, Alexa. J'ai tout ce qu'il me faut.

Elle eut une petite moue. Et l'amour ?

Sa vie était dénuée d'amour, mais il s'en moquait. À cette pensée, elle fut envahie par un profond sentiment de tristesse. Tristesse pour le petit garçon dont les parents privilégiaient leurs propres intérêts plutôt que ceux de leurs enfants. Et tristesse pour les blessures que cette attitude avait infligées à leurs enfants. Au moins comprenait-elle désormais pourquoi Rafe ne laissait personne l'approcher.

Et elle ferait mieux de s'en souvenir, car il ne voulait pas que cela change.

8.

Alexa repoussa la main qui la chatouillait.

— Ne me réveille pas.

— Je croyais que tu étais du matin ?

Elle roula sur le côté, vit l'heure affichée sur le réveil, et poussa un gémissement.

— Normalement oui, quand j'ai réussi à dormir un peu.

Rafe s'assit sur le lit à côté d'elle.

— Je t'ai apporté du café.

— Du café ?

Elle se redressa d'un bond. Inhalant profondément, elle s'emplit les poumons du délicieux arôme.

Rafe éclata de rire et lui tendit une tasse.

— Bois vite. J'ai une surprise pour toi.

— C'est vrai ?

— Et si on partait en voyage quelques jours ?

— Je croyais que tu étais très occupé.

— Hannah me harcèle pour que je prenne quelques jours de repos, alors j'ai annulé tous mes rendez-vous pour les prochains jours. Et s'il te faut une incitation supplémentaire, sache que nous prendrons la moto.

— C'est vrai ?

Folle de joie, elle accepta, refoulant la petite voix qui lui disait de ne pas s'emballer.

— Donne-moi cinq minutes.

Il rit aux éclats et déposa un baiser sur ses lèvres.

— Alors là, je suis vraiment jaloux de ma moto.

Le voyage de deux jours en dura finalement cinq, tandis

qu'ils exploraient la campagne anglaise et apprenaient à se connaître. Rafe emmena Alexa à Cambridge et ils prirent un verre dans le pub qu'il fréquentait pendant ses années étudiantes. Ils passèrent ensuite l'après-midi à marcher jusqu'au sommet du Vieil Homme de Coniston, une montagne située dans le Lake District, avant de traverser la frontière pour explorer l'Écosse. Ils passèrent plusieurs nuits à Glasgow, où Rafe visita des édifices dans lesquels il réfléchissait à investir. Un en particulier retint son attention – un cinéma art déco dont Alexa tomba amoureuse, l'encourageant ainsi à suivre son intuition et à le restaurer plutôt que le détruire.

Ils se trouvaient désormais devant les eaux sombres du Loch Ness.

— J'ai toujours voulu voir le monstre, dit Alexa, balayant le lac du regard dans l'espoir qu'un cou arqué en émerge.

Rafe lui posa son manteau sur les épaules et la serra contre lui pour la protéger de la soudaine fraîcheur.

— Il n'y a pas de monstre.

— Ne gâche pas ce moment. J'ai décidé de faire ça tous les ans.

— Quoi ? Chercher le monstre du Loch Ness ?

— Non. Partir une semaine en vacances, là où personne ne sait qui je suis. Je passerai peut-être aussi mon permis moto.

— La princesse à moto.

— Absolument.

Elle soutint son regard amusé. Ils restèrent ainsi durant ce qui lui sembla une éternité ; la connexion entre eux était si profonde qu'elle en eut le souffle coupé. Soudain, sentant quelque chose d'humide sur son visage, elle regarda en l'air.

— Rafe ! Il neige !

Il sourit et balaya de la main un flocon sur sa joue.

— Effectivement. C'est rare pour cette période de l'année, en tout cas c'est très froid !

Elle rit, échappa à son étreinte et ouvrit grand les bras, paumes tournées vers le ciel.

— Je n'ai jamais vu de neige avant. C'est superbe.

— C'est toi qui es superbe, répondit-il, l'attirant à nouveau à lui, avant de l'embrasser avec passion.

Lorsqu'ils se séparèrent enfin pour reprendre leur souffle, il se pencha vers elle pour essuyer ses joues mouillées.

— Tu es heureuse ? demanda-t-il.

Bouleversée par son regard tendre, elle hocha la tête.

— Très heureuse.

Le lendemain matin, Alexa rêvassait dans la chambre d'un joli pub anglais, quelque part dans la pittoresque vallée des Yorkshire Dales. L'endroit était très paisible, elle s'était réveillée au son des chants d'oiseaux. Dehors, une légère couche de neige couvrait la vallée.

Blottie dans son lit, elle prit soudain conscience qu'elle n'avait pas fait ses exercices de yoga ni pensé à son travail de toute la semaine, et elle s'en moquait. Ce voyage avec Rafe était une parenthèse heureuse dans sa vie et elle l'avait accueillie avec un enthousiasme non feint.

Ici, ils n'étaient que M. et Mme Tout le Monde, profitant d'une semaine de vacances pour faire du tourisme. Elle n'aurait jamais pensé, une semaine auparavant, vivre un moment aussi magique, et tout cela était arrivé parce qu'elle avait décidé de « se prendre en main », comme Rafe le lui avait suggéré.

Elle imaginait déjà la réaction de Nasrin quand elle lui dirait combien le prince était sexy. Mais le lui dirait-elle ? Elles étaient certes devenues proches, ces trois dernières années, mais peut-être cette expérience était-elle trop privée pour être partagée. Nasrin lui poserait à n'en pas douter de nombreuses questions sur ce qui s'était passé et sur ce qu'elle ressentait vis-à-vis de Rafe. Fort heureusement, contrairement aux espoirs de Nasrin, elle ne risquait pas de tomber amoureuse de lui. Elle passait certes du bon temps avec lui, mais cela s'arrêtait là. Le public avait peut-être cru en leur romantique histoire d'amour, mais Alexa connaissait la vérité et cette fois elle resterait objective.

Mais pourquoi se sentait-elle tout d'un coup si mélancolique ? La sonnerie du téléphone la fit sursauter. L'attrapant par habitude, elle consulta l'écran et prit conscience qu'il s'agissait du téléphone de Rafe et non du sien.

Le nom de Regan s'affichait sur l'écran et Alexa jeta un coup d'œil en direction de la salle de bains, d'où lui parvenait un bruit d'eau. Mue par une impulsion, elle se redressa, enfila un T-shirt à la hâte, et répondit à l'appel. La reine appelait peut-être pour une urgence familiale et cela gênait Alexa de laisser l'appel basculer sur la messagerie quand elle pouvait répondre.

Regan, ravie d'entendre sa voix, voulut savoir comment Alexa profitait de son temps à Londres avec Rafe, et Alexa fut mise en confiance par la chaleur naturelle de la reine. Il n'était pas étonnant que le roi soit tombé amoureux d'elle. Même au téléphone, elle était vive et animée – à l'opposé d'Alexa, qui avait tendance à se replier sur elle-même.

— J'organise un dîner d'anniversaire surprise pour Jag à Londres demain soir, annonça Regan d'une voix feutrée. Et je ne sais toujours pas si Rafe sera présent ou pas. Ce n'est pas très grave car j'ai réservé tout le restaurant, mais j'aimerais quand même savoir. Cela nous ferait tellement plaisir, à Jag et moi, si vous étiez tous les deux présents.

— Bien sûr que nous serons là.

Elle ne se rendit vraiment compte des conséquences de son geste que quelques instants plus tard, lorsque Rafe sortit de la douche, les cheveux humides, une serviette blanche nouée autour des reins et une autre autour du cou.

— Enfin réveillée, dit-il en lui souriant. J'espérais que tu me rejoindrais sous la douche.

— J'y pensais, murmura-t-elle, mais Regan a appelé.

Vu son attitude vis-à-vis de son frère et de sa sœur, comment lui dire qu'elle avait accepté l'invitation de Regan ? Elle aurait tout donné pour assister à un autre anniversaire de Sol mais Rafe ne voyait pas sa famille du même œil.

Il se figea.

— Tout va bien ?

— Oui. Elle m'a dit qu'elle organisait un anniversaire surprise pour ton frère demain soir et que tu ne lui avais pas dit si tu venais ou pas.

Il vint vers elle et enfouit le nez dans son cou.

— J'ai été si préoccupé que j'ai oublié. Je vais lui répondre que nous sommes occupés.

Elle posa les mains sur ses avant-bras et le repoussa.

— Sommes-nous occupés ?

Il fronça les sourcils lorsqu'elle l'empêcha de lui retirer son T-shirt.

— Oui. Demain, c'est notre dernière nuit ensemble avant ton départ et je prévois de faire l'amour avec toi toute la nuit.

Leur dernière nuit ensemble ? Comment cela était-il arrivé si vite ? Et comment avait-elle pu oublier ?

— Cela te dérangerait-il, si nous changions nos plans ? dit-elle, rejetant la tête en arrière quand il reprit ses baisers.

— Comment ça ?

— Eh bien…, fit-elle, son sixième sens l'avertissant que cela pourrait ne pas aussi bien se passer qu'elle l'avait espéré. J'ai accepté l'invitation de Regan en ton nom.

Comme elle s'y était attendue, il se rembrunit.

— Pourquoi as-tu fait ça ?

— Parce c'est une *très belle* idée, je trouve, et Regan aimerait beaucoup que tu sois là. Jag serait ravi.

Secouant la tête, il s'éloigna.

— J'ai vu mon frère à notre mariage, il y a seulement deux semaines, et au bal, deux semaines avant cela. Je l'ai vu plus souvent ce mois-ci que durant toute l'année dernière.

— Raison de plus pour y aller, répondit-elle, le sentant se replier sur lui-même. De quoi as-tu peur ?

Il éclata de rire.

— Ce n'est pas la peur qui me retient de vouloir y aller.

— Alors, c'est quoi ? C'est important de prendre du temps pour sa famille, je trouve.

— Nos proches ne sont pas tous des amis, Alexa.

— Je sais et c'est la raison pour laquelle il est si important d'établir des liens étroits avec eux. Plus on voit les gens, plus on a envie de les voir.

Il lui jeta un regard en coin.

— Parfois, c'est l'inverse qui se produit.

— Cela n'a pas d'importance car, aussi agaçants soient-ils, ce seront les seuls à te soutenir dans les moments difficiles.

— Je ne prévois pas d'avoir des moments difficiles.

Elle le dévisagea, puis repoussa lentement ses cheveux sur ses épaules. Les prunelles de Rafe s'assombrirent et l'air entre eux passa de glacé à brûlant en quelques secondes.

— Tu as fait ça exprès, dit-il d'un ton accusateur.

— Quoi donc ? répondit-elle innocemment.

— Ce n'est pas grave. Ça ne marchera pas.

Leurs regards s'affrontèrent, puis il lui tourna le dos et regarda par la fenêtre. La matinée s'était éclaircie, le soleil dessinait des ombres sur ses épaules musclées. Elle savait qu'elle avait dépassé les bornes en acceptant l'invitation de la reine en son nom. Elle ne s'était pas attendue en revanche à ce qu'il se renferme sur lui-même, pas plus qu'au sentiment de vide qui la submergerait.

— Je suis désolée.

Elle alla vers lui et plaça la main dans le creux de son dos, émerveillée par le jeu de ses muscles qui se nouèrent sous sa peau quand elle le toucha.

— C'était incroyablement arrogant de ma part de t'imposer mes idées sur la famille. Je déteste quand les gens s'imaginent plus au fait de ma vie que moi, et j'aurais dû t'en parler avant.

Il fit volte-face, le regard partagé entre souffrance et colère. Quelqu'un passa devant la porte de leur chambre et il y eut, au loin, un bruit de vaisselle, mais toute son attention était tournée vers Rafe qui se tenait debout devant elle, tel un dieu grec revenu à la vie.

Il poussa un grondement et l'instant d'après ses mains agrippaient ses cheveux, l'obligeant à se hisser sur la pointe des pieds pour que sa bouche soit à un souffle de la sienne.

— Comment te résister, lorsque tu me regardes ainsi ?

Sa voix était rauque, sa bouche dure et insistante ; son baiser passionné fit disparaître le monde autour d'eux. Plus rien n'avait d'importance à part lui. Cet homme donnait un nouveau sens à sa vie.

Le souffle court, il releva enfin la tête et appuya le front contre le sien.

— J'irai à la fête de mon frère. Cette fois. Mais même si je sais tes intentions louables, ne te mêle plus jamais de ma relation avec ma famille. Elle est ce qu'elle est et je ne peux rien y changer. Je ne *veux* rien y changer.

— J'ai compris.

Elle déglutit. Elle comprenait parfaitement, et, même si elle aurait aimé l'aider, ce n'était pas son rôle.

Le lendemain soir, Alexa sourit à Stevens qui lui tenait la portière ouverte et attendait qu'elle sorte de la voiture.

Un restaurant branché se dressait devant elle. Avec sa porte noire et sa façade en briques grises éclairée par une enseigne lumineuse, le bâtiment ressemblait plus à un bistro mal famé qu'à un restaurant étoilé.

Les gardes du corps de Rafe les précédèrent, ouvrant la voie et entrant en premier dans le bâtiment.

Dans l'espoir de détendre l'atmosphère, qui n'était plus la même depuis qu'elle avait accepté l'invitation de Regan, Alexa dit comme si de rien n'était :

— J'ai entendu parler de ce restaurant. Le chef est une sorte de génie. Il crée ses recettes dans un laboratoire et pas dans une cuisine, paraît-il.

— Il est novateur, répondit Rafe. Et très doué.

— Choses que tu admires.

— J'admire beaucoup de choses, dit-il en enveloppant sa silhouette du regard, tandis que le maître d'hôtel prenait son manteau. Je t'admire dans cette robe, par exemple.

Soulagée qu'il ne soit plus contrarié, elle sourit.

— Tu as dit la même chose chez toi, il me semble.

— Non. Chez moi, j'ai failli t'arracher ta robe mais je suis sûr qu'attendre ne fera que pimenter les choses, et je ne voulais pas te décevoir en annulant la soirée.

— Je suis contente que tu n'aies pas annulé. Et cette robe mérite d'être vue au moins une fois, car je me vois mal la porter au Bérénia.

Elle ajusta les fines bretelles sur ses épaules. Dans cette

robe échancrée, elle se sentait sexy et sûre d'elle – exactement ce que Rafe lui faisait ressentir.

Tout émoustillée, elle lui jeta un regard en coin et se retrouva aussitôt serrée contre lui. Elle poussa un petit cri de surprise, et le portier détourna pudiquement le regard.

— Reste une semaine de plus, dit Rafe d'un ton bourru.

— Pardon ?

— Ne pars pas demain, c'est trop tôt. Reste une semaine de plus. Tu peux travailler de chez moi s'il le faut.

Que dire ? Elle était abasourdie. Il y aurait sûrement eu une multitude d'excellentes raisons de refuser, mais elle ne put en formuler aucune.

— J'aimerais beaucoup.

— Parfait.

Un sourire satisfait s'étira sur ses lèvres, et il l'embrassa à nouveau.

— Et maintenant, profitons de la soirée.

Euphorique, elle franchit d'un pas guilleret les portes coulissantes qui ouvraient sur une vaste pièce – un ancien entrepôt. Les concepteurs avaient conservé une bonne partie des éléments d'origine, les poutres apparentes par exemple, et l'éclairage industriel suspendu au plafond par des câbles noirs. De longues tables, couvertes de nappes blanches et de couverts en argent emplissaient l'espace, et un bar en métal brossé couvrait entièrement le mur du fond.

La plupart des invités semblaient déjà présents ; une quarantaine de personnes triées sur le volet, flûte de champagne à la main, discutaient par petits groupes.

Un serveur en livrée blanche, un plateau garni de boissons colorées à la main, s'arrêta devant Alexa et Rafe.

— Des mimosas, dit Rafe devant son expression perplexe. Un jus de fruits réfrigéré et du champagne. Je pense que tu apprécieras.

Elle accepta le verre et prit une gorgée du breuvage rose.

— Effectivement, c'est très bon.

Les yeux de Rafe brillèrent, mais il n'eut pas le temps de répondre ; Regan venait les saluer. Elle était éblouissante dans une robe trois-quarts qui masquait astucieusement sa grossesse.

— J'avoue être assez néophyte sur le sujet, mais tu as l'air prête à éclater, dit Rafe en embrassant sa belle-sœur.

— Rafe ! On ne dit pas ça à une femme enceinte. Vous êtes resplendissante, Votre Majesté.

— Merci. Mais, je vous en prie, appelez-moi Regan. Le bébé n'est pas prévu avant un mois, mais plus vite cet amour arrivera, mieux ce sera. Je me sens comme un hippopotame.

— C'est exactement ce que je me disais, dit Rafe.

— Je lui ferai payer plus tard, répondit Alexa. Où est Jag ?

Elle brandit un cadeau emballé de papier argenté.

— Je lui donnerai tout à l'heure, proposa Regan. Jag est avec un ami qui lui fait goûter le whisky qu'il a distillé dans une grotte cinq mille lieues sous les mers ou quelque chose de ce genre. Tu devrais les rejoindre, Rafe, pendant que je présente Alexa aux autres invités.

— Avec plaisir. Cela te va, princesse ?

Le cœur d'Alexa fit un bond dans sa poitrine en entendant le surnom affectueux qu'elle en était venue à adorer.

— Bien sûr, dit-elle, et elle le regarda s'éloigner.

— Eh bien, dit Milena en guise d'introduction en s'arrêtant devant Alexa. Je n'aurais jamais cru voir un jour mon frère regarder une femme de cette façon.

Excentrique et exubérante dans une robe orange et des collants bleu vif, elle sourit à Alexa.

— Mais cela devait arriver un jour, n'est-ce pas ?

Elle devait penser que Rafe l'aimait, mais elle ne savait pas qu'ils s'étaient mariés pour des raisons politiques. Alexa détestait mentir, mais moins les gens étaient au courant de ce mariage arrangé, mieux c'était.

— Nous passons de bons moments ensemble, dit-elle.

Ce qui était vrai. En tout cas pour ce qui la concernait. Elle était à peu près sûre que Rafe appréciait sa compagnie… Au moins dans la chambre.

— Vous voulez bien m'excuser, toutes les deux ? demanda Regan. Je dois parler du gâteau aux traiteurs.

— Je prendrai soin d'Alexa, promit Milena, saisissant

une flûte de champagne au vol. Mon frère n'arrête pas de te regarder et je suis heureuse que tu aies réussi à l'adoucir.

— À l'adoucir ?

— Oui, il m'a même écoutée l'autre jour, quand je me suis plainte auprès de lui du nombre de gardes du corps que Jag veut m'imposer à New York, la semaine prochaine. Il a promis de plaider en ma faveur auprès de Jag.

— Il a peur qu'on profite de toi. Et il y a beaucoup de gens sans scrupule. Crois-moi, je le sais.

— Je suppose que tu as raison, concéda Milena, mais je n'y pense pas. Je crois au destin, ce qui doit arriver arrivera. Je suis simplement heureuse pour mes deux frères. L'un va devenir père et l'autre est fou amoureux de toi. J'ai toujours du mal à y croire et j'attends avec impatience le jour où tu seras enfin reine : Rafe devra en permanence marcher quelques pas derrière toi. Lui qui aime tout diriger, je prévois de le taquiner sur sa position subalterne chaque fois que j'en aurai l'occasion.

Milena n'avait pas de mauvaises intentions, Alexa le savait, mais sa réflexion résonna douloureusement en elle. Au Bérénia, l'époux d'un monarque ne marchait pas quelques pas en arrière, mais loin derrière.

Et Rafe n'accepterait jamais cela.

Qui plus était, elle n'exigerait jamais cela de lui.

Elle brûlait de dire à Milena qu'elle n'était pas amoureuse de Rafe, mais se retint pour des raisons de confidentialité, et aussi parce que c'était désormais faux. Elle avait fait l'impensable et était tombée amoureuse de Rafe. Quand et comment ses sentiments avaient-ils changé ? Ils avaient en tout cas bel et bien changé, et le besoin de se terrer loin des regards indiscrets menaça de la submerger.

Elle s'était efforcée de rester objective, et pourtant… elle le trouvait irrésistible. En effet, sous un vernis de sophistication et de charme rebelle se cachait un homme bon, loyal et fort. Un homme de valeur.

L'homme de sa vie.

Seulement, elle n'était pas la femme de sa vie et elle ne

le serait jamais car, même s'il aimait manifestement passer du temps avec elle, il ne voulait pas s'engager.

— Tout va bien, Alexa ? Tu as l'air troublé. J'espère que ce n'est pas quelque chose que j'ai dit. Je sais que ça ne dérangera pas Rafe de marcher quelques pas derrière toi ; je n'aurais pas dû plaisanter là-dessus.

— Ça va, répondit-elle machinalement. Je crois que les mimosas me sont montés à la tête.

— Tu dois manger, décréta Milena. Laisse-moi aller te chercher quelques délicieux canapés que les serveurs faisaient passer.

Un ventre vide n'était pas la seule raison de son étourdissement, Alexa le savait. Comprendre qu'elle était amoureuse d'un homme qui ne l'aimerait jamais en retour avait sans doute joué aussi.

Elle prit une profonde inspiration. Elle devait apprendre à garder un visage impassible car elle ne pourrait jamais révéler à Rafe les sentiments qu'il lui inspirait. Leur relation changerait du tout au tout. Il s'éloignerait sans doute d'elle comme il l'avait fait la veille. Il la regarderait avec pitié… ou pire, il aurait peur qu'elle s'accroche quand le moment serait venu de mettre fin à leur mariage.

Pour le moment, elle était son égale. Ils passaient de bons moments ensemble, mais lui avouer son amour gâcherait tout. Il la renverrait probablement immédiatement chez elle et inventerait une excuse pour ne plus jamais la revoir. Ce serait horrible. Tout était sa faute. Elle s'était éprise de lui alors qu'elle s'était promis que cela n'arriverait pas. Mais elle n'était pas une rêveuse qui croyait aux fins heureuses des contes de fées. Elle était une femme forte qui prenait son destin en main.

Quelle ironie, le destin avait à nouveau perturbé sa vie amoureuse. En effet, si par le plus grand des miracles Rafe avait également des sentiments pour elle, cela ne marcherait jamais entre eux. Autant Stefano avait voulu l'épouser pour qui elle était, autant Rafe ne voulait justement pas l'épouser pour qui elle était. Il avait été très clair là-dessus. Il ne retournerait jamais à Santara et détestait tout ce qui avait trait aux fonctions royales. Il était donc logique de supposer qu'il ne viendrait jamais vivre au Bérénia. Elle aurait toujours pu abdiquer et céder la couronne à son cousin, mais ce ne serait pas une situation idéale parce que…

Abdiquer ?

Trébuchant contre une chaise, elle écartait les bras pour ne pas tomber quand elle fut saisie par-derrière et ramenée contre un corps masculin.

— Attention, princesse, s'écria Rafe en saisissant la flûte de champagne qu'elle avait failli renverser sur sa robe. Tu as une fâcheuse tendance à renverser des boissons colorées sur toi. Au moins ,cette fois, tu n'es pas en blanc.

Distraite par les baisers qu'il lui déposait dans le cou, elle mit un moment à comprendre ce qu'il disait. Alors elle fit volte-face et, stupéfaite, le dévisagea.

— Toi ? C'était toi, s'écria-t-elle. Ça a *toujours* été toi.

Son cœur fit un bond dans sa poitrine. Devait-elle rire ou pleurer en découvrant que c'était lui qui lui avait épargné un moment d'humiliation, et pas son frère.

La gorge nouée, elle regarda son beau visage. La *destinée*, lui souffla une petite voix intérieure qu'elle fit aussitôt taire car il n'était pas du tout sa destinée. Il n'était rien pour elle.

Dérouté, il inclina la tête.

— Tu es toujours là, avec moi ?

— Oui.

Comment avait-elle pu, toutes ces années durant, le confondre avec son frère ? En même temps, qui aurait cru que le prince rebelle avait assez d'empathie pour épargner l'embarras à une jeune fille devant une salle entière de dignitaires ? Mais il avait toujours été très attentionné, raison pour laquelle les femmes étaient toutes amoureuses de lui. Rafe était un charmeur et beau comme le diable, mais sa profonde sensibilité éclipsait tout le reste. C'était pour cela que le rejet continu de son père l'avait profondément blessé, et sa seule façon de surmonter sa peine avait été de prétendre qu'il s'en moquait – raison pour laquelle il réagissait si vivement quand il se sentait jugé. Il se souciait de ceux qu'il aimait, peut-être même un peu trop.

— Ne monopolise pas ton épouse, Rafe, dit la voix moqueuse de Milena. Elle doit manger !

Se sentant vulnérable, Alexa accepta avec gratitude la petite assiette de canapés que Milena lui tendait. Elle n'avait pas faim, mais grignoter lui donnerait au moins le temps de se ressaisir et d'afficher une expression impassible.

Elle allait en avoir besoin, si elle ne voulait pas finir la nuit avec le cœur brisé.

9.

Les sourcils froncés, Rafe regarda Alexa rejoindre sa sœur à table. Il était prêt à jurer que quelque chose n'allait pas, mais elle refusait de croiser son regard, aussi ne pouvait-il pas en être sûr.

Il l'avait emmenée en voyage sur un coup de tête et avait aimé cela plus qu'il ne l'aurait imaginé. En bon solitaire, il avait en général hâte de quitter sa conquête du moment pour se retrouver seul, mais ce besoin vital ne semblait pas se manifester avec Alexa.

Il l'aimait plus que de raison, il en avait conscience. Le regard rivé sur ses cheveux bleu nuit et ses lèvres joliment ourlées, il se demanda encore une fois pourquoi cette femme lui faisait autant d'effet. Il l'avait dans la peau et il avait beau attendre que le facteur nouveauté se dissipe, rien n'arrivait. Il aimait tout en elle : son intérêt pour le monde qui l'entourait, son dévouement envers son pays et sa loyauté envers son peuple. Il aimait la façon dont elle le taquinait, dont elle le mettait au défi. Il aimait qu'elle partage son sens de l'aventure et veuille rendre le monde meilleur.

Il avait eu tort de la traiter de paillasson. Elle était au contraire loyale, honorable et dévouée – qualités qu'il admirait. Il aurait simplement préféré que son dévouement soit axé sur lui plutôt que sur le Bérénia. Mais si cela avait été le cas, qu'aurait-il fait ? Ce n'était pas comme s'il voulait une relation durable. Ils s'étaient mariés avec l'intention de rompre. Elle le voulait. Et lui aussi. N'est-ce pas ?

Bien sûr que oui. Alexa était, autant que Jag, entravée par

ses fonctions royales, qui lui interdisaient de vivre sa vie comme elle le souhaitait. Et lui voulait le moins de contraintes possible, leur mariage ne pouvait donc pas marcher.

— Tu envisages toujours de mettre fin à ton mariage avec Alexa dans six mois ?

Rafe lança un regard indéchiffrable à son frère.

— Bien sûr.

— D'accord.

— C'est tout ? demanda Rafe, pris de court. Tu ne me dis pas que j'ai tort, tu ne me donnes pas de conseils fraternels ?

Jag retint un sourire.

— C'est ce que tu veux ?

— Non.

Il n'avait pas besoin de conseils. Et surtout pas concernant sa vie amoureuse.

— Tu en es sûr ? Tu sembles hésitant.

— Pas du tout, protesta Rafe. Alexa est… Elle est géniale. Mais elle ne cherche pas une relation durable et moi non plus. Tu le sais bien.

— La vie est mystérieuse. Mais toi et la future reine du Bérénia ? Cela ne marchera jamais, n'est-ce pas ?

— Effectivement, fit Rafe, la mine sombre. Tu sais que je ne peux pas rentrer dans le rang.

— Dire ce que tu penses a toujours été une de tes grandes forces, Rafa. Alexa apprécierait sûrement d'avoir quelqu'un comme toi à ses côtés quand débutera son règne.

— Ce n'était pas le cas de papa.

— Non, mais il était stupide.

Rafe éclata de rire et soudain, ce fut comme s'ils étaient à nouveau des adolescents faisant la course dans les dunes.

— Tu te souviens de ce jour dans les…

— … Dans les montagnes ? Je t'ai battu, ce jour-là.

— On va dire qu'on était ex æquo. Mais j'ai gagné la…

— Tu parles, le coupa Rafe en riant. J'ai toujours été meilleur que toi en escrime.

— Crois ça. On fait le match retour quand tu veux. Mais je parlais de la course de voiliers.

— Je l'ai échappé belle. Mais tu as eu de la chance.

Jag rit de ces propos outranciers. Il avait toujours été le meilleur navigateur, alors que Rafe excellait à la course automobile dans les dunes.

Rafe secoua la tête en riant. Il avait eu tort de s'inquiéter pour cette soirée d'anniversaire, et d'avoir laissé sa mauvaise conscience le tenir éloigné de Jag ; son frère lui avait manqué.

— Écoute, Jag… Je suis désolé d'être parti quand tu es devenu roi. J'aurais dû rester et t'aider à faire la transition.

— Tu n'as pas à t'excuser. Je voulais que tu partes. Tu avais vécu trop longtemps sous la férule de papa. Si tu étais resté, tu te serais senti encore plus étouffé.

— Tout de même…

— Ce n'est pas un souci, Rafa. Nous sommes…

Jag s'interrompit et son regard se durcit. L'instant d'après, il traversait la salle à grandes enjambées en direction de Regan qui s'appuyait d'une main au dossier d'une chaise et serrait son ventre de l'autre. Perplexe, Rafe le suivit.

— Sacrebleu, je savais qu'on n'aurait pas dû venir ce soir, maugréa Jag, le regard rivé sur son épouse.

— Ne jure pas, répondit Regan. Le médecin m'a autorisée à prendre l'avion ce week-end, tu te souviens ?

Le mariage en apparence solide de son frère prenait-il le même chemin que celui de leurs parents ? Inquiet, Rafe s'apprêtait à intervenir quand Regan poussa un gémissement.

— Comment aurais-je pu deviner que j'allais perdre les eaux ce soir ?

Elle avait perdu les eaux ?

La lumière se fit jour en Rafe.

— S'il t'arrivait quelque chose, dit Jag d'une voix chargée d'émotion, je ne me le pardonnerais jamais.

— Je suis en train d'accoucher, pas de mourir.

— Un mois trop tôt !

— Cela arrive fréquemment. C'est…

Une nouvelle contraction la plia en deux et Jag la souleva dans ses bras.

Aussitôt Rafe appela les services d'urgence, et chercha Alexa du regard. Mais avant qu'il ait pu la localiser, une main se posa sur la sienne.

— Que puis-je faire pour aider ?

— Ce que tu fais maintenant.

Il pressa ses doigts sur ses lèvres, fixant un regard inquiet sur son frère et sa belle-sœur. Puis il composa un autre numéro et, à son grand soulagement, son interlocuteur décrocha.

— L'ambulance ne va pas tarder, annonça-t-il en raccrochant. Et un ami à moi, sans doute le meilleur obstétricien de Grande-Bretagne, nous attend aux urgences de l'hôpital.

— Merci, murmura Jag, les larmes aux yeux.

— Tout va bien se passer, dit Rafe d'une voix assurée. Concentre-toi sur Regan et laisse-moi m'occuper du reste.

Deux heures plus tard, Rafe attendait impatiemment des nouvelles de Regan et du bébé. Voir son frère mort d'inquiétude l'avait bouleversé. Voilà pourquoi il ne voulait pas connaître l'amour. C'était une émotion stupide qui vous mettait sens dessus dessous.

Comme si elle lisait dans ses pensées, Alexa l'observait de loin. Il aurait suffi de deux pas pour qu'elle soit dans ses bras et qu'il se sente beaucoup mieux, mais il résista à cette envie. Il ne voulait compter sur personne pour être heureux. Mais n'était-ce pas pourtant ce qui lui était arrivé ? Il avait ri et plaisanté avec elle, l'avait tenue dans ses bras, et il s'était senti heureux. Comblé même.

— Café, annonça Milena qui approchait, trois tasses fumantes à la main.

— Alexa ne boit pas de café le soir, dit-il machinalement.

— Je ferai une exception ce soir, répondit Alexa en prenant une tasse. Merci pour l'attention, Milena.

— Je ne pouvais pas rester sans rien faire. Quelqu'un veut grignoter un morceau ? demanda-t-elle en prenant le sac rempli de barres chocolatées que lui tendait le garde du corps.

Rafe, se remémorant le plaisir qu'il avait eu à partager avec Alexa les chocolats du marché, chercha son regard. Comme si elle avait eu la même pensée, elle devint pensive.

Le souffle coupé, il se tourna délibérément vers sa sœur

avant d'agir de façon inconsidérée. Lorsqu'il osa à nouveau regarder Alexa, elle se mordillait la lèvre et fixait le sol. Avant qu'il puisse la rejoindre, une infirmière poussa les portes vitrées.

— C'est une fille, dit-elle, le sourire aux lèvres. Et la mère et le bébé se portent bien.

Rafe poussa un soupir de soulagement, sa sœur sauta de joie et Alexa posa la main sur son cœur.

— Pouvons-nous les voir ?

— Bien sûr. Sa Majesté a demandé à vous voir.

Rafe suivit sa sœur et son épouse dans la chambre. Regan était allongée dans le lit et Jag tenait dans ses bras le bébé, emmitouflé dans une couverture blanche. Pour une femme qui venait d'accoucher, Regan avait l'air en pleine forme, songea Rafe malgré son manque d'expérience sur le sujet.

— Elle est adorable, roucoula Milena. Félicitations.

Tout sourire, Jag lui tendit le bébé.

— Je te suis vraiment reconnaissante, Rafe, dit Regan. Si tu n'avais pas été là, j'aurais sans doute accouché sur place.

Lorsque Jag leva les yeux au ciel, Rafe détourna le regard du couple amoureux, puis se figea. Alexa, une expression d'adoration sur le visage, berçait le bébé contre sa poitrine. Un instant, il ne put plus respirer. Il eut l'impression d'être frappé par la foudre et sut qu'il pourrait regarder cette femme sans jamais se lasser pour le restant de sa vie.

— Tu veux la prendre dans tes bras ? lui demanda Alexa.

Il fronça les sourcils. *Pour le restant de sa vie ?*

Alexa écarquilla les yeux.

— Tu es tout pâle. Si tu ne veux pas…

— Non, coupa-t-il. Je vais la prendre.

Il prit le bébé dans ses bras. Elle était si petite. Si délicate. Et, vu le bonheur inscrit sur le visage de ses parents, elle serait toujours aimée et choyée.

Et si ce bébé avait été le sien et celui d'Alexa ?

À cette pensée, il fut submergé par l'émotion. Les sentiments qu'il avait ressentis pour elle un peu plus tôt décuplèrent. Des sentiments qu'il n'avait jamais éprouvés pour aucune femme avant ; sa vie lui avait toujours semblé très claire. Une chose avait mené à une autre, sans qu'il se soucie outre mesure des conséquences. Mais il s'en souciait désormais. Il s'en souciait beaucoup.

Alexa se retint de partir en courant. En tendant le bébé à Rafe, elle s'était interrogée. Qu'aurait-elle ressenti si ce petit ange avait été à eux ? Mais Rafe avait eu une expression morose très explicite ; il était loin de penser comme elle.

Le trajet du retour avait par conséquent été silencieux et tendu, comme si l'intimité de la semaine s'était envolée. Mais peut-être n'avait-elle existé que dans son imagination ?

À peine arrivée, Alexa se rendit dans sa chambre et sortit sa valise du dressing.

— Que fais-tu ?

Le cœur battant, elle se retourna. Rafe la fixait d'un regard indéchiffrable.

— Je croyais que tu restais une semaine de plus ?

— Oui, mais je me suis souvenue que j'avais des rendez-vous lundi, je ne peux pas les manquer.

— Demande à ton père de te remplacer.

— C'est impossible. Je suis désolée.

— Laisse ces satanés vêtements, dit-il en la saisissant par les épaules pour la faire pivoter vers lui. J'ai besoin de toi, Alexa. J'ai besoin de te toucher et de te faire l'amour.

Il y avait quelque chose dans son regard qu'elle n'avait jamais vu auparavant. Une profonde émotion survenue après la naissance inattendue de sa nièce. Cela l'avait affectée aussi, elle avait envie de prendre du recul et de digérer les événements. Mais elle ne pouvait pas plus renier Rafe qu'elle ne pouvait arrêter les cycles de la lune.

Levant les yeux vers lui, elle laissa son regard errer sur son visage buriné. Voilà ce qui arrivait lorsqu'on ouvrait son cœur à l'incertitude. On souffrait. Elle devait s'en aller. Elle devait repartir dans son pays et reprendre le cours normal de sa vie. Elle ne pouvait pas rester une semaine de plus dans l'espoir que les sentiments de Rafe pour elle changeraient.

Elle n'allait pas se laisser torturer. Pas une deuxième fois. Et pas par un homme qui lui avait déjà volé son cœur.

— Reste, dit-il, capturant son visage entre ses mains.

Elle crut que son cœur allait se briser ; sa détresse était si forte qu'elle lui nouait la gorge. Elle voulait tant lui avouer ses sentiments, lui dire que, s'il avait besoin d'elle, elle serait sienne pour toujours, mais heureusement il l'embrassa et elle ne pensa plus à rien. Nouant les bras autour de son cou, elle s'abandonna à ses baisers pour la dernière fois.

Lorsque Rafe se réveilla le lendemain, il sut qu'elle était partie. Il y avait un vide dans la pièce, un silence dans l'appartement qu'il n'avait jamais ressenti avant son arrivée.

Un sentiment de désolation l'envahit, suivi par une bouffée de colère. Bien sûr qu'Alexa était partie de cette façon, filant à l'anglaise au milieu de la nuit. Il savait qu'elle voulait partir et pourtant il lui avait demandé – il l'avait *suppliée* – de rester une semaine de plus. Un exercice futile, en l'occurrence.

Rejetant les couvertures, il s'habilla à la hâte et se dirigea vers la cuisine. Elle lui avait laissé un mot pour le remercier de leur merveilleuse semaine ensemble, ajoutant qu'il pouvait lui téléphoner s'il avait besoin d'elle pour quelque chose.

Comme s'il allait faire ça.

Il avait peut-être eu des sentiments pour elle la veille au soir, des sentiments plus profonds qu'avec aucune autre femme, mais ceux-ci n'étaient dus qu'à la naissance de sa nièce. Quelque chose en lui s'était libéré, une émotion qui lui avait fait penser un bref instant qu'il était peut-être amoureux d'Alexa.

Dieu merci, il ne le lui avait pas dit dans le feu de l'action, il n'avait pas confondu sexe et sentiments ; leur relation n'avait jamais été qu'une bonne entente au lit.

Certes intense et parfois exigeante. Mais de l'amour… Non, il ne ressentait pas d'amour, mais une vive colère envers lui-même pour avoir laissé une femme lui mettre le grappin dessus, puis s'en aller au milieu de la nuit.

Avait-elle cru qu'il essayerait de l'empêcher de partir ? Il n'aurait jamais fait cela. Pas une deuxième fois.

10.

Rafe jeta un regard furieux à la pile de documents posée sur son bureau comme si cela pouvait la faire disparaître. La promesse du printemps avait déserté Londres et la pluie frappait sans relâche les vitres de son bureau. Un dieu en colère semblait jeter des lances du ciel.

Mais quelle importance. Lorsqu'il quitterait son bureau en fin de soirée, ce serait pour retrouver un appartement vide. La morosité de l'extérieur semblait néanmoins envahir son bureau, et même la lumière vive ne parvenait pas à la dissiper.

Un nouvel e-mail arriva dans sa boîte de réception au moment où Hannah frappait à la porte. Poussant un soupir, il se retourna et fronça les sourcils. Ce n'était pas Hannah mais Milena, vêtue d'un manteau rose vif.

Il avait réussi à éviter sa famille avant leur départ pour Santara, prétextant ne pas se sentir pas bien et ne pas vouloir infecter le bébé. Ce qui était vrai. Il se sentait malade depuis une bonne semaine. Mais sa sœur l'avait trouvé.

— Je croyais que tu étais partie pour New York ? demanda-t-il.

— J'avais des choses à finir à Oxford avant mon départ. Et Hannah m'a demandé de venir te voir, dit-elle en le scrutant. Je comprends maintenant pourquoi. Tu as une mise affreuse.

— Je ne me suis pas rasé depuis… quelques jours.

— Tu n'as pas dormi depuis plusieurs nuits non plus, à

en juger par tes cernes. Que se passe-t-il ? demanda-t-elle d'une voix douce.

— J'ai beaucoup travaillé, répondit-il en grommelant, je te remercie de prendre de mes nouvelles. Est-ce la seule raison de ta visite ici ?

— Comment va Alexa ? demanda Milena, imperturbable.

Il plissa les yeux devant son ton innocent.

— Est-ce une de tes questions piège ?

Il n'avait pas parlé à Alexa depuis qu'elle était sortie de sa vie et il ne savait pas si Milena était au courant ou pas.

— Non, j'essaye juste d'avoir une conversation avec toi, dit-elle en soupirant. Je sais qu'Alexa est rentrée au Bérénia ; Jag me l'a dit.

— T'a-t-il aussi dit pourquoi ?

— Il m'a dit que ton mariage n'était pas aussi rose qu'on pouvait le croire, si c'est ce à quoi tu fais allusion.

Il eut un rire bref.

— Toujours diplomate, notre cher frère, dit-il en se passant une main dans les cheveux. Cela dit, il a raison. Alexa et moi nous sommes mariés pour des raisons politiques et, d'après les derniers bilans, ça a l'air de marcher. Disons que j'ai fait une bonne action pour Santara.

— Désolée, mais je ne te crois pas. Je te connais, Rafe. Ce n'était pas juste un mariage de raison. J'étais là, n'oublie pas, je vous ai vus vous embrasser devant l'autel.

C'était bien la dernière chose qu'il voulait se rappeler, aussi se tourna-t-il vers son ordinateur.

— C'est terminé, Milena. Dans exactement trois mille quatre cent trente-deux heures, nous aurons divorcé.

— Oh ! Rafe.

Il se leva, fusilla sa sœur du regard et se dirigea vers la fenêtre contre laquelle il s'adossa. Il aurait préféré être dehors, où le froid glacial aurait engourdi la douleur qui comprimait sa poitrine.

— Tu l'aimes vraiment, n'est-ce pas ?

Comme il ne répondait pas, elle ajouta :

— Je veux juste t'aider à arranger les choses. Mais tu as peur, je pense.

— Vraiment ? demanda-t-il, sarcastique. Et de quoi ai-je peur, selon toi ?

— Peur de l'amour et des sentiments que tu éprouves.

— L'amour n'existe pas, fit-il, même s'il avait un bref instant cru éprouver de l'amour pour Alexa. Et si c'est ce que tu crois, tu vas beaucoup souffrir.

— Comme quand on était mômes ? J'étais jeune quand maman nous a quittés, mais toi… tu as fait un trou dans le mur avec ton poing. Tu t'es cassé deux doigts et tu as eu la main bandée pendant plus de deux mois. Et depuis ce jour-là, tu as fermé ton cœur à tout le monde. Jag et moi compris.

Il lui jeta un regard sombre.

— Je suis toujours là pour toi, si tu as besoin de moi.

— Je sais bien, mais tu refuses qu'on soit là pour toi.

— Sans doute parce que je n'ai besoin de personne.

Mais les mots sonnèrent creux à ses oreilles. S'il n'avait besoin de personne, pourquoi alors se sentait-il mal depuis le départ d'Alexa ? Pourquoi sa vie lui semblait-elle si vide de sens, tout à coup ?

Milena sourit.

— Alexa t'aime aussi, tu sais.

— Comment le sais-tu ?

— La façon dont vous vous regardez. Comme si l'autre était l'être le plus parfait au monde. Jag et Regan vivent la même chose et j'aimerais moi aussi connaître un tel amour.

La peur le poussait à réfuter ces propos, mais ce qu'elle disait était malheureusement vrai et expliquait le sentiment d'abandon et de tristesse qu'il éprouvait depuis le départ d'Alexa. Désemparé, il enfouit la tête dans ses mains et admit enfin la vérité. Il aimait Alexa.

Il se souvint l'avoir remarquée lors d'une soirée officielle, alors qu'elle n'était encore qu'une jeune fille timide. Même à l'époque, quelque chose d'irrésistible en elle avait retenu son attention et lui avait donné envie de la protéger.

Mais de là à penser qu'elle l'aimait en retour ?

— Elle est partie, je te rappelle. Si on aime quelqu'un, on ne le quitte pas au milieu de la nuit.

— Comme notre mère ? Alexa n'est pas notre mère,

Rafe. Et qui sait ce qui se serait passé si notre père était parti à sa recherche ? Peut-être serait-elle revenue, et notre vie aurait été très différente.

— Je ne sais pas…

— Et tu ne le sauras jamais si tu abandonnes.

— Je n'abandonne jamais, répondit-il sèchement.

Elle leva un sourcil interrogateur.

— Alors pourquoi ne lui as-tu pas demandé pourquoi elle était partie, au lieu de présumer de sa réponse ?

Parce qu'il avait peur de paraître ridicule et de se sentir encore plus mal que maintenant. Si c'était possible.

— Comment es-tu devenue si perspicace ?

— En observant toute ma vie mes deux frères aussi bornés l'un que l'autre.

Rafe eut un bref sourire et attrapa ses clés.

— Je te revaudrai ça, dit-il en se dirigeant vers la porte.

— Je n'oublierai pas, répondit-elle avec un grand sourire.

Alexa feuilleta les notes que Nasrin avait imprimées pour elle. Mieux valait s'y plonger si elle voulait en savoir un peu plus sur les invités du soir. Mais, contrairement à son d'habitude, elle était incapable de se concentrer.

Cela faisait une semaine qu'elle était rentrée au Bérénia et malgré ses efforts pour ne pas montrer son désarroi, elle était malheureuse. Elle avait pourtant fait de son mieux pour se convaincre du ridicule de se sentir mal à cause de quelque chose qui avait toujours été temporaire – chose qu'elle avait expliquée à Nasrin en voyant sa mine navrée.

— J'étais pourtant certaine que ça allait marcher, avait dit Nasrin lorsqu'elle était rentrée sans Rafe. La façon dont vous vous regardiez au mariage. Et ce *baiser*.

Dans les souvenirs d'Alexa, Rafe avait plutôt semblé horrifié. De quoi Nasrin parlait-elle ? Il avait fallu du temps pour la convaincre, mais Nasrin avait fini par se taire, au grand soulagement d'Alexa.

Son père lui avait bien sûr demandé où se trouvait son mari et quand il pensait venir s'installer au Bérénia, mais

Alexa avait éludé, tout en sachant qu'elle devrait tôt ou tard en finir avec son mariage.

Et elle le ferait. Elle avait seulement besoin d'un peu de temps. Elle avait certes été lâche de se faufiler hors de l'appartement alors que Rafe dormait, mais elle lui avait tout de même laissé un mot. Bien sûr, il n'avait pas appelé ; elle ne s'était pas attendue à autre chose. Mais c'était mieux ainsi.

— Êtes-vous prête, Votre Altesse ?

Alexa gémit intérieurement. Elle n'avait lu qu'une vingtaine de pages, le malaise qui l'affectait depuis son retour de Londres lui donnait même parfois le vertige.

— Je n'ai pas tout à fait fini vos notes. Y a-t-il une chose en particulier que je devrais savoir ? Des sujets à éviter à tout prix ?

Nasrin énuméra un certain nombre de choses et Alexa se força à écouter. Puis elle jeta un dernier regard à son reflet dans le miroir. Elle avait opté pour une robe fourreau bleu marine et noué ses cheveux en un chignon sévère.

Sa tenue stricte était à l'image de ses émotions. Le temps passé au lit avec Rafe ou à explorer la campagne anglaise était comme un rêve lointain.

— Le roi et la reine de Santara vous ont adressé une lettre de remerciements pour le cadeau de la princesse Jana. Ils ne seront pas là ce soir, mais cela n'a rien d'étonnant. Le roi n'a pas quitté son épouse depuis la naissance.

Alexa hocha la tête. L'amour du roi pour son épouse était bien la dernière chose dont elle voulait entendre parler.

— Et mon père ?

— Il vous attend au petit salon. Êtes-vous certaine d'aller bien, Votre Altesse ? Vous êtes un peu pâle.

— Je vais très bien.

C'était faux. Elle voulait aller se coucher et s'endormir pour cent ans. Souriant de voir que son esprit avait dévié vers un conte de fées, elle secoua la tête. Elle avait été réveillée par son propre prince charmant, mais il n'avait pas voulu d'elle, finalement. Il n'avait même pas essayé de la contacter depuis son départ. Non pas qu'elle ait souhaité qu'il le fasse. Une rupture nette valait bien mieux.

Elle se dirigea vers le petit salon et frappa à la porte avant d'entrer. Son père, adossé à la cheminée, la détailla du regard et fronça les sourcils.

— Tu n'as pas l'air en forme.

Elle grimaça.

— Merci, Père. Je peux en dire autant de toi.

Son père luttait contre un méchant rhume – sans doute ce dont elle souffrait elle aussi – et aurait dû être au lit.

— Je peux parfaitement assister toute seule au dîner de ce soir, si tu préfères te reposer.

— Je me reposerai quand je serai mort. Et tu as besoin de soutien ce soir. Ton mari devrait être là.

Elle avait espéré qu'il n'aborde pas une nouvelle fois l'absence de Rafe, mais… qu'il en soit ainsi.

Elle sourit brièvement au souvenir de la dernière fois où Rafe avait prononcé ces mots, scellant ainsi son sort. Mais elle ne pouvait penser à lui en ce moment. Elle risquait de se mettre à pleurer et son père devinerait à quel point elle était anéantie. Mais peut-être le moment était-il désormais venu de lui révéler la véritable nature de sa relation avec Rafe ? Ainsi, son père n'aurait pas beaucoup de temps pour la questionner avant le dîner.

Prenant le taureau par les cornes, elle s'assit sur la chaise en face de la cheminée.

— Je dois te dire quelque chose à propos du prince Rafaele et de moi. Et je veux que tu saches d'emblée que l'idée vient de moi, je suis donc seule responsable.

Son père écouta patiemment tandis qu'elle lui livrait sa version des faits, laissant volontairement de côté la partie où elle était tombée éperdument amoureuse de son mari, même si lui ne l'aimait pas. Son père n'avait pas besoin de tout savoir, mais elle lui dit tout le reste. Elle lui parla de sa proposition de mariage et du refus de Rafe, elle l'informa qu'ils n'avaient pas eu l'intention d'aller jusqu'au mariage et lui parla du marché qu'ils avaient conclu ensemble. Elle lui dit aussi que Rafe n'était en rien comme elle l'avait imaginé et qu'il était en fait un homme bon et travailleur qui se souciait des personnes chères à son cœur.

— Et me voilà de retour, dit-elle en conclusion, luttant pour garder son calme, prête à reprendre mes fonctions.

— Je vois. Et que se passe-t-il maintenant ?

— Nous restons mariés pour encore cinq mois, puis nous nous séparons.

— Tu aurais dû me dire cela avant.

— M'aurais-tu écoutée ?

Elle n'aurait jamais osé poser une question aussi impertinente à son père auparavant, mais il avait besoin de savoir qu'elle avait changé. Rafe l'avait fait grandir ; elle ne voulait pas revenir en arrière et tout accepter pour plaire à son père.

— Sans doute pas, concéda-t-il, mais je t'écoute maintenant. Cependant, il est temps que nous allions accueillir nos invités.

— Bien sûr. Mais, Père… Je sais que tu ne me crois pas capable de faire ce travail seule, mais tu as tort. Je ferai une excellente reine.

Il s'arrêta net et fronça les sourcils.

— Je n'ai jamais pensé le contraire. Mais c'est un travail solitaire, Alexa. Il sera plus difficile pour toi de trouver un époux après ton couronnement et je ne veux pas que tu gouvernes seule. C'est trop difficile.

Le visage ridé de son père pâlit et le cœur d'Alexa fit un bond dans sa poitrine.

— Père…

— Je vais bien. C'est juste que… ta mère me manque. Surtout quand je te vois en face de moi, aussi belle qu'elle.

— Mais je ne savais pas que tu pensais ça.

Un léger sourire ourla les lèvres de son père.

— Pourquoi crois-tu que je ne me suis jamais remarié ? Je n'ai trouvé personne pour la remplacer. Et je ne voulais pas que Sol et toi souffriez comme moi en vous attachant si fort à quelqu'un que vous seriez anéantis si cette personne venait à vous quitter.

— C'est donc pour ça que nous changions si souvent de nourrices et de tuteurs, dit-elle, comprenant enfin la logique derrière cette décision.

— Je pensais qu'ainsi vous seriez mieux armés pour faire

face aux épreuves de la vie. Mais vous avez quand même souffert, puis nous avons perdu Sol. J'avais l'impression de vous avoir escroqués.

— Père…

— Laisse-moi finir. Je pensais que si tu faisais un mariage de raison, cela t'épargnerait des souffrances futures. Je vois maintenant que je me suis trompé. Mais jamais je n'ai essayé de te trouver un mari parce que je te pensais incapable de faire ce travail seule. J'espère que tu me crois.

L'estomac d'Alexa se noua.

— Je ne sais pas quoi dire.

— Il n'y a rien à dire. Mais tu dois avoir un homme fort à tes côtés pour te soutenir. Et j'espérais que le prince Rafaele serait cet homme-là.

Elle aussi. Et quand bien même il était un homme fort et plein de compassion, il n'était pas véritablement *son* mari et ne serait sans doute jamais le mari de personne, vu son besoin d'indépendance et son refus des contraintes – contrairement à elle. Responsabilité et devoir. Ces deux exigences prendraient-elles toujours le dessus sur l'amour ?

Une boule se forma dans sa gorge, mais elle n'en demanda pas moins :

— Nous devrions peut-être y aller ?

— Oui, il est temps.

Trois heures plus tard, Alexa ne tenait plus debout. Si elle ne s'asseyait pas bientôt, elle allait tomber. Le rhume contre lequel elle luttait l'empêchait de se concentrer sur ce que disaient les invités. Elle envisageait d'aller se coucher quand une silhouette vêtue de noir attira son attention sur le seuil de la salle de bal. Incrédule, elle sentit des picotements sur sa nuque et croisa le regard de Rafe. Son expression était morose et sa tenue toujours aussi élégante, mais il n'était pas rasé, ce qui lui donnait l'air plus dangereux que d'habitude.

Les invités qu'il aurait fait tomber s'ils ne s'étaient écartés de son chemin durent penser la même chose, à en juger par leurs regards à la fois curieux et anxieux.

Il s'arrêta devant elle.

— Tes cheveux sont attachés, dit-il, avant de pousser un juron et de la saisir par le coude. Et tu es malade.

Abasourdie, elle se dégagea de son emprise.

— Juste un gros rhume. Toi en revanche, tu es… presque fidèle à toi-même.

Impérieux et si séduisant qu'elle voulait se jeter dans ses bras et ne plus jamais le lâcher.

— Je ne suis plus moi-même depuis que nous nous sommes rencontrés, princesse, dit-il de façon énigmatique. Néanmoins, je t'emmène loin d'ici.

Elle secoua la tête.

— Je ne peux pas partir maintenant, Rafe. Les discours n'ont pas encore commencé.

— Tu fais un discours ?

— Non.

— Alors tu pars avec moi.

Elle fronça les sourcils.

— Tu ne peux pas simplement débarquer ici et…

— Prince Rafaele ? C'est très aimable de votre part de vous joindre à nous.

Alexa eut un terrible sentiment de déjà-vu et faillit gémir en entendant la voix de son père. Il ne reculerait pas, maintenant qu'il connaissait la vérité.

— Vous ne penserez peut-être pas ça dans une minute, Votre Majesté, répondit Rafe. Mon épouse est malade et je l'emmène.

— Vraiment ? railla le roi. Vous vous souvenez que vous avez une épouse, alors ?

— Je n'ai jamais oublié, répondit Rafe en soutenant son regard. Pas un seul instant.

Incapable de déchiffrer le code silencieux entre les deux hommes, Alexa fut surprise de voir son père hocher la tête.

— Bien. Je lui ai dit qu'elle n'allait pas bien. Elle doit s'allonger.

— Je peux décider par moi-même, dit Alexa à voix basse pour ne pas faire de scène.

— C'est vrai, dit Rafe, mais nous devons parler et je préfère ne pas le faire ici devant tout le monde.

Consciente d'être au centre de l'attention, elle capitula.

— Très bien.

Elle s'avança, mais ses jambes étaient si faibles qu'elle serait tombée si Rafe ne l'avait pas soulevée dans ses bras.

— Repose-moi, dit-elle d'une voix ferme. Tu fais une scène.

— Sans doute, répondit-il en lui jetant un regard canaille. C'est quelque chose que je fais très bien.

Elle vit le regard étonné du valet de pied, qui s'empressa de leur ouvrir la porte, et se retint de justesse d'enfouir son visage dans le cou de Rafe.

— Où est ta suite ? demanda-t-il d'une voix rauque.

— Je ne vais pas dans ma suite avec toi, répondit-elle, car ce serait risquer de se jeter à son cou. Je veux juste que tu me poses.

Accédant cette fois à sa requête, il la déposa sur la moquette d'une des pièces jouxtant la salle de bal.

— Merci, dit-elle en lissant sa robe. J'aimerais savoir ce que tu fais ici et pourquoi tu sembles n'avoir pas dormi depuis une semaine.

Il grimaça.

— Milena et toi devriez former un club. Elle trouve que j'ai très mauvaise mine.

— Je n'ai pas dit ça, mais… Que fais-tu ici, Rafe ? Que veux-tu ?

— As-tu tellement envie de te débarrasser de moi ?

Au contraire, elle voulait qu'il reste. Elle voulait…

— En fait, tu peux remercier Milena pour ma présence ici.

Il n'était pas venu pour elle ! La déception l'envahit, faisant éclater la bulle d'espoir qui avait grandi en elle.

— Je ne suis pas sûre de comprendre. Elle a besoin que je lui envoie quelque chose ?

— Non, princesse. Elle est venue me voir à mon bureau aujourd'hui pour me dire que j'étais stupide.

— Oh ! je suis sûre qu'elle ne pensait pas…

— Si, dit-il en lui prenant le visage entre ses mains. Parce qu'elle sait que je suis fou amoureux de toi.

Elle laissa échapper un gémissement. Si seulement Milena n'était pas intervenue…

— Dommage qu'elle ait dit ça, répondit-elle, les mains tremblantes. Elle m'a dit la même chose lors de la fête d'anniversaire de Jag, mais je ne l'ai pas crue. Je savais…

— Tu aurais dû la croire, dit-il en lui posant un doigt sur ses lèvres. Parce qu'elle a raison. Je suis bel et bien amoureux de toi.

— Pourtant à l'hôpital, quand je t'ai tendu le bébé, tu m'as regardée comme si tu ne voulais plus jamais me revoir.

— C'était le choc. Quand je t'ai vue porter la petite Jana, j'ai tout de suite pensé à ce que ce serait si Jana était à nous.

— Vraiment ? Mais tu disais que tu n'avais pas besoin d'amour dans ta vie.

— Je ne *voulais* pas d'amour dans ma vie. Voilà pourquoi je ne suis pas allé te chercher quand tu es partie. C'était plus facile de te laisser partir que d'affronter la réalité, d'autant que ma mère est partie elle aussi au milieu de la nuit.

— Oh ! Rafe, je suis désolée. Mais je ne savais pas quoi faire d'autre. J'avais tellement peur de laisser échapper des propos sur mes sentiments et… C'était lâche de ma part.

— Je ne t'ai pas non plus donné de raisons de rester, dit-il en effleurant son visage de la main. Dis-moi ce que tu ne voulais pas me dire.

Elle sourit timidement.

— Que je t'aimais. Je crois que je t'ai toujours aimé.

Il l'embrassa avec passion et, un instant, elle ne put que s'agripper à lui. Puis la réalité reprit ses droits.

— Rafe, attends… Ça ne peut pas marcher. Ta vie est à Londres et je suis la future reine. Et à moins d'abdiquer…

— Abdiquer ? Pas question que tu abdiques, princesse. Tu es parfaite pour le rôle.

— Que suggères-tu, alors ? Un mariage longue distance ?

— Je suis ton mari, Alexa, et en tant que tel je serai toujours à tes côtés. Ici, au Bérénia.

— Tu veux déménager au Bérénia ?

Il lui sourit de tout son cœur.

— Que veux-tu que je te dise ? J'adore me faire du mal.

Plus sérieusement, ma vie n'est plus à Londres, elle est ici avec toi. Je peux diriger mes night-clubs d'où je veux, donc passer le reste de ma vie avec toi, si c'est ce que tu désires.

— Si c'est ce que je désire ?

— Oui. Le désires-tu autant que moi ?

— Oui, s'exclama-t-elle en riant. Oui, oui, oui.

Il l'enserra dans ses bras et elle poussa un cri de joie.

— Je t'aime tellement que ça me fait peur, dit-elle.

— Seulement parce que tu n'es pas encore certaine des sentiments que j'ai pour toi, mais ça viendra. Je compte te dire tous les jours à quel point je t'aime.

— J'ai du mal à y croire. Tu étais censé être le pire prétendant de la planète. Et maintenant, je ne veux pas que tu me quittes, dit-elle en se hissant sur la pointe des pieds pour l'embrasser, avant de s'écarter. On ne devrait pas. Tu vas attraper mon rhume.

— Je ne crois pas que tu aies un rhume, princesse. Ton nez n'est même pas rouge.

— Je n'ai pas besoin d'avoir le nez rouge pour avoir un rhume. Mais je me sens nauséeuse depuis quelque temps.

— Tu as vu un médecin ?

— Non.

— Tu devrais. Personnellement, je pense que tu n'es pas malade mais enceinte.

Elle écarquilla les yeux et fit un rapide calcul. Ses règles étaient bel et bien en retard, mais, dans son malheur, elle n'avait pas fait attention.

— Ce n'est pas possible.

— J'ai oublié plusieurs fois de mettre un préservatif.

— Oh ! mon Dieu ! s'écria-t-elle, une main sur la bouche. Qu'allons-nous faire ?

— Nous allons avoir un bébé, répondit-il en souriant.

— Cela t'ennuierait si c'était vrai ?

— Pas du tout. Mais toi, *veux-tu* un bébé ?

Devinant qu'il pensait à sa propre enfance, elle captura son visage entre ses mains.

— Je serai la femme la plus heureuse au monde. Je

t'aime et je veux avoir tes enfants, que je comblerai d'amour pour toujours.

Il sourit.

— On devrait peut-être aller dans ta chambre, au cas où je me serais trompé. Nous pourrons y remédier tout de suite.

Elle noua les bras autour de son cou.

— Avec plaisir, dit-elle.

Épilogue

Rafe ne s'était pas trompé. Deux cent soixante-dix jours après leur mariage, Zane et Tobias virent le jour. C'étaient désormais de turbulents nourrissons d'un an.

— Milena, peux-tu attraper Jana et Zane avant qu'un des deux aille à nouveau dans la fontaine ? dit Rafe en saisissant le jumeau restant pour qu'il ne rejoigne pas son frère et son cousin.

— Tout de suite, cria Milena, faisant semblant d'être une méchante sorcière, tandis qu'elle courait après les bambins en direction du jardin.

Voyant comment son frère et son cousin s'amusaient, Tobias poussa un cri d'indignation.

— Tu sembles bien occupé ! dit Jag, rieur, en arrivant. Où est Alexa ?

— Elle est allée rendre visite à son père. Allez, mon pote, dit Rafe en posant son fils sur le sol, va tirer les cheveux de tante Milena.

Tobias partit aussi vite que ses petites jambes le lui permettaient en poussant un cri de joie, et Rafe eut un soupir de soulagement.

— Être parent est plus fatigant que de gérer une foule de Béréniens ombrageux.

— N'oublie pas qu'il est à moitié bérénien, répondit Jag.

Rafe lui jeta un sourire amusé.

— Heureusement pour toi ! Grâce à mon mariage, tout est stable entre nos deux nations. Les Béréniens m'adorent.

— Certes, le taquina son frère. Et puisque nous parlons du Bérénia, comment avance ton grand projet ?

— Très bien. L'université est si populaire que nous avons dû construire de nouveaux logements pour les étudiants.

— Le monde de la nuit ne te manque pas ?

Depuis qu'il avait déménagé au Bérénia, Rafe avait vendu la plupart de ses night-clubs, n'en gardant que quelques-uns qu'Hannah gérait de main de maître. Il restaurait maintenant de vieilles bâtisses à qui il redonnait leur splendeur d'antan.

Il s'était aussi rapproché de sa sœur et de son frère et avait forgé un lien très fort avec eux.

— Pas du tout. Je suis très heureux et je ne changerai ma vie pour rien au monde.

— Où sont les jumeaux ?

Une voix derrière lui le fit pivoter.

— Princesse, dit-il en glissant un bras autour de la taille d'Alexa. Les jumeaux sont avec Milena près de la fontaine. Comment va ton père ?

— Déterminé à régner jusqu'à ses quatre-vingt-dix ans.

Rafe éclata de rire et l'embrassa.

— Ça ne me dérange pas. Plus je t'ai pour moi tout seul, plus je suis heureux.

— Ce sera toujours le cas, répondit-elle d'une voix douce.

Jag se leva discrètement et partit rejoindre Milena, mais Rafe n'avait d'yeux que pour son épouse. Il l'embrassa à nouveau et elle se lova contre lui.

— Accepter ta demande en mariage a été la meilleure chose que j'aie faite, dit-il dans un souffle.

— Tu n'as pas accepté ma demande en mariage, répondit-elle, mon père t'a forcé à m'épouser.

— Vraiment ? demanda-t-il en lui jetant un regard énigmatique qui l'agacerait, il le savait.

— Oui, répondit-elle en le fusillant du regard.

Le sourire de Rafe s'élargit.

— M'as-tu déjà vu faire quelque chose que je ne voulais pas ?

— Non, admit-elle en plissant les yeux. Es-tu en train de me dire que tu voulais m'épouser ?

— Disons qu'aucun autre homme ne t'aurait épousée après la façon dont tu m'as embrassé.

— Tu veux dire la façon dont *tu* m'as embrassée.

— Tu veux en discuter à l'intérieur ? fit-il d'une voix suggestive.

Elle jeta un regard anxieux en direction des jardins.

— Combien de temps avons-nous avant que les garçons aient à nouveau besoin de nous ?

Il lui prit la main et l'entraîna vers le palais d'été.

— Assez pour que je te prouve à quel point je t'aime.

— Parfait, répondit-elle avec un sourire lumineux qui lui coupa le souffle. Mon activité préférée.

Vous avez aimé *Dans les bras du prince de Santara* ?
Retrouvez en numérique l'histoire du frère de notre héros dans *La captive de Santara*.
Un roman signé Michelle Conder.

Retrouvez en octobre 2020,
dans votre collection

AZUR

Mensonge et mariage, de Millie Adams - N°4257

« Tu dois m'épouser. » Les mots de Dante Fiori hantent Minerva… Si le milliardaire italien exige qu'ils convolent, ce n'est pas qu'il se meure d'amour pour elle. Non, Dante cherche uniquement à donner un sens à la mascarade dans laquelle elle l'a entraîné, malgré lui. Comment lui en vouloir ? Jamais elle n'aurait dû déclarer à toute sa famille que Dante était le père de son bébé. Or, acculée par les circonstances, Minerva a cédé à la panique. Et aujourd'hui, Dante va lui faire payer son mensonge par cette union de convenance…

L'enfant du maharadjah, de Lynne Graham - N°4258

Lorsqu'elle s'est retrouvée enceinte du prince Jai Singh, Willow a préféré garder le secret, sachant le gouffre qui les séparait tous les deux. Or, aujourd'hui que le maharadjah a découvert l'existence de leur fils, son monde vacille. Parce qu'il veut faire du petit Hari son héritier, Jai exige qu'elle l'épouse sur-le-champ et l'accompagne en Inde. Bientôt, dans ce palais doré et opulent où elle n'a pas sa place, Willow doit faire face à l'autorité de son nouvel époux, mais aussi au désir dévastateur qu'elle éprouve encore pour lui…

Le seigneur des dunes, de Jackie Ashenden - N°4259

Alors qu'elle effectue des fouilles archéologiques, Charlotte se perd, sous le soleil ardent du désert. Si elle est secourue par le cheikh Tariq, son répit est de courte durée, hélas. Le redoutable seigneur de guerre, non content de faire d'elle sa prisonnière, lui demande bientôt de l'épouser ! Tariq a en effet besoin de produire un héritier et, pour une raison mystérieuse, il a décidé qu'elle serait une reine parfaite pour lui… Or, bien qu'elle ait toutes les raisons d'être révoltée, Charlotte éprouve peu à peu des sentiments bien trop dangereux pour Tariq…

**La tentation d'une princesse,
d'Andrea Bolter - N°4260**

D'ici trois semaines, la princesse Luciana devra se soumettre à un mariage forcé avec un roi qu'elle déteste. Désespérée, elle décide d'échapper quelque temps à ses obligations en réalisant un rêve : visiter Florence. Or ce voyage incognito la plonge vite dans l'angoisse de l'inconnu. Du moins, jusqu'à sa rencontre avec Giovanni Grassi, un Italien qui la séduit d'un seul regard… tout en ignorant son identité. Grisée par cette rencontre inattendue, Luciana est peu à peu envahie par des sentiments pour Giovanni. Des sentiments au goût d'interdit…

Une nuit avec son patron, de Jennie Lucas - N°4261

Une nuit, une seule, dans les bras de son patron – et voilà que Hana se découvre enceinte ! Bouleversée, elle choisit à l'occasion d'un voyage d'affaires à Tokyo de partager cette nouvelle avec Antonio Delacruz. Certes, elle ne s'attendait pas à ce qu'il se réjouisse, alors qu'il ne devait s'agir entre eux que d'une aventure sans lendemain, mais la réaction de l'homme d'affaires lui glace le cœur. Non seulement il ne la croit pas quand elle affirme qu'il est le père de son enfant mais, pire encore, il la licencie aussitôt…

Un redoutable amant, de Pippa Roscoe - N°4262

Sauvage. Torturé. La réputation de Matthieu est tristement célèbre – à sa grande satisfaction. Son pouvoir, il le tient de sa richesse et de la crainte qu'il inspire autour de lui. Sur ses gardes, il ne laisse personne voir au-delà de l'armure qu'il s'est forgée. Jusqu'à sa rencontre avec la douce Maria Rohan de Luen, par une nuit étoilée au bord d'un lac. Alors qu'ils ne sont que des inconnus l'un pour l'autre, la belle l'émeut étrangement. Au point que Matthieu laisse rugir le désir que Maria lui inspire, durant quelques heures aussi magiques que voluptueuses. Mais cette perte de contrôle inattendue a des conséquences, Matthieu ne tarde pas à le découvrir…

Surprise pour une héritière,
de Susan Meier - N°4263

SÉRIE : *LES HÉRITIERS DE MANHATTAN* - 3/3

Enceinte d'un homme qu'elle n'aime pas. Le verdict vient de tomber sur Sabrina McCallan, riche héritière de New York. Bouleversée, elle se confie à Trent, le meilleur ami de son frère – très protecteur envers elle. S'il ne lui cache pas sa déception de la savoir dans une telle situation, celui-ci lui propose aussitôt son aide… et son jet privé ! Ensemble, les voilà bientôt partis à travers toute l'Europe, en quête du père du bébé, qui s'est volatilisé. Un long voyage qui, très vite, attise le désir qui brûle entre eux depuis des années, sans que ni l'un ni l'autre n'aient jamais osé y céder. Du moins, jusqu'à présent…

L'épouse d'Alejandro Sabato,
de Sharon Kendrick - N°4264

SÉRIE : *MILLIARDAIRES ARGENTINS* - 1/2

De passage en Argentine, Emily est émue de retrouver la terre où elle a grandi… et Alejandro Sabato. Autrefois, elle était folle amoureuse de ce garçon qui respirait la liberté et passait sa vie à cheval. Le découvrir plus beau encore que dans ses souvenirs la bouleverse au plus haut point, mais Emily n'est pas au bout de ses surprises ! Non seulement Alejandro lui demande de l'aider à se débarrasser de la réputation de play-boy qui lui colle à la peau, mais surtout il lui propose pour cela… de l'épouser !

Séduction cubaine, de Louise Fuller - N°4265

SÉRIE : *PASSION AU PARADIS* - 5/6

Cuba. C'est ici que Kitty a posé ses valises pour démarrer une nouvelle vie, loin de ses souvenirs douloureux. Grisée par la splendeur du paysage et l'atmosphère chaleureuse du pays, elle abandonne sa réserve habituelle pour s'offrir une nuit de délices dans les bras d'un homme sublime. Un homme qui n'est autre que César Zayas y Diago, son redoutable et tout-puissant patron ! Alors qu'elle prend la mesure de la folie qu'elle vient de commettre, Kitty se découvre enceinte...

La vengeance d'une nuit de noces, de Michelle Smart - N°4266

Helena n'en revient pas. Le client mystère pour lequel elle travaille depuis des mois n'est autre que Theo Nikolaidis, son ex-fiancé. Cet homme, elle l'a abandonné le jour même de leurs noces, craignant que l'autorité naturelle de celui-ci ne bride à jamais sa liberté. Or il semble résolu à lui faire payer sa désertion et il a trouvé pour cela l'arme fatale : la séduction. Contrainte de séjourner auprès de Theo sur l'île grecque où ils se sont follement aimés, Helena sent renaître pour lui un désir aussi irrépressible que dangereux...

Un mystérieux fiancé, de Maisey Yates - N°4267

Jada se sent submergée par le désespoir : le père de sa fille adoptive, jusque-là inconnu, vient de refaire surface. Pire, il a obtenu la garde de l'enfant ! Hors de question de laisser sa précieuse Leena entre les mains de cet étranger à la beauté glaciale et au passé trouble, de cet homme qui vit reclus dans un immense palais sans âme. Alors, quand Alik Vasin lui offre de l'épouser pour faire d'elle la mère – et la nourrice – de Leena, Jada accepte sans hésiter, malgré la colère que lui inspire cette odieuse proposition. Pour rester au côté de son enfant chérie, elle est capable de bien plus encore que de supporter cet homme froid et impitoyable dont chaque regard éveille en elle un trouble inconnu...

Composé et édité par HarperCollins France.

Achevé d'imprimer en août 2020.

CPi
BLACK PRINT

Barcelone

Dépôt légal :septembre 2020.

MIXTE
Papier issu de sources responsables
FSC® C108412

Pour limiter l'empreinte environnementale de ses livres, HarperCollins France s'engage à n'utiliser que du papier fabriqué à partir de bois provenant de forêts gérées durablement et de manière responsable.

Imprimé en Espagne.

OFFRE DÉCOUVERTE !

Vous souhaitez découvrir nos collections ? Recevez **votre 1er colis gratuit* avec 2 cadeaux surprises !** Une fois votre colis de bienvenue reçu, si vous souhaitez continuer à recevoir nos livres, cela se fera automatiquement. Vous recevrez alors vos livres inédits** en avant-première.

Vous n'avez aucune obligation d'achat et cette offre est sans engagement de durée !

*1 livre offert + 2 cadeaux / 2 livres offerts pour la collection Azur + 2 cadeaux. Les collections Gentlemen et Aliénor démarrent avec le 1er colis payant.
**Les livres Ispahan, Sagas, Best-Sellers Féminins, Gentlemen et Hors-Série sont des réédités.

☛ COCHEZ la collection choisie et renvoyez cette page au
Service Lectrices Harlequin – CS 20008 – 59718 Lille Cedex 9 – France

Collections	Références	Prix colis*
❑ **AZUR**	Z0ZFA6	6 livres par mois 28,79€
❑ **BLANCHE**	B0ZFA3	3 livres par mois 23,65€
❑ **LES HISTORIQUES**	H0ZFA2	2 livres par mois 16,59€
❑ **ISPAHAN**	Y0ZFA3	3 livres tous les 2 mois 23,35€
❑ **PASSIONS**	R0ZFA3	3 livres par mois 25,09€
❑ **SAGAS**	N0ZFA3	3 livres tous les 2 mois 27,66€
❑ **BLACK ROSE**	I0ZFA3	3 livres par mois 25,09€
❑ **VICTORIA**	V0ZFA3	3 livres tous les 2 mois 25,69€
❑ **GENTLEMEN**	G0ZFA2	2 livres tous les 2 mois 17,35€
❑ **BEST-SELLERS FÉMININS**	E0ZFA2	2 livres tous les 2 mois 18,75€
❑ **ALIÉNOR**	A0ZFA2	2 livres tous les 2 mois 17,35€
❑ **HORS-SÉRIE**	C0ZFA2	2 livres tous les 2 mois 17,35€

N° d'abonnée Harlequin (si vous en avez un) ____________

Mme ❑ Mlle ❑ Nom : ____________

Prénom : ____________ Adresse : ____________

Code Postal : ______ Ville : ____________

Pays : ____________ Tél. : ____________

E-mail : ____________

Date de naissance : ____________

❑ Oui, je souhaite recevoir par e-mail les offres promotionnelles des éditions Harlequin.
❑ Oui, je souhaite recevoir par e-mail les offres promotionnelles des partenaires des éditions Harlequin.

Date limite : 31 décembre 2020. Vous recevrez votre colis environ 20 jours après réception de ce bon. Offre soumise à acceptation et réservée aux personnes majeures, résidant en France métropolitaine, dans la limite des stocks disponibles. Prix susceptibles de modification en cours d'année. Vous pouvez demander à accéder à vos données personnelles, à les rectifier ou à les effacer. Il vous suffit de nous écrire en nous indiquant vos nom, prénom et adresse à : Service Lectrices Harlequin CS 20008 59718 LILLE Cedex 9. Service Lectrices disponible du lundi au vendredi de 8h à 18h : 01 45 82 47 47.